MARGUERITE D'ANJOU,

MÉLODRAME HISTORIQUE

EN TROIS ACTES, EN PROSE,

ET A GRAND SPECTACLE;

Par R. C. GUILBERT-PIXERÉCOURT.

*Représenté, pour la première fois, à Paris, sur
le théâtre de la Gaîté, le 11 janvier 1810.*

Musique de M. GÉRARDIN-LACOUR.

SECONDE ÉDITION.

———————

A PARIS,

Chez BARBA, Libraire, Palais-Royal, derrière le
Théâtre Français, n°. 51.

1810.

PERSONNAGES.	ACTEURS.
MARGUERITE D'ANJOU, veuve de Henri VI, roi d'Angleterre.	Mlle *Bourgeois.*
ÉDOUARD, prince de Galles, son fils, âgé de onze ans.	Mlle *Élisa.*
Le duc de LAVARENNE, grand sénéchal de Normandie.	M. *Marty.*
ISAURE, épouse du Sénéchal, sous le nom d'Eugène.	Mme *Picard.*
RICHARD, duc de Glocester.	M. *Lafargue.*
CARL, charbonnier et chef de voleurs.	M. *Tautin.*
MORIN, chirurgien gascon.	M. *Duménis.*
BELLEPOINTE, canonnier français.	M. *Camel.*
HORNER, officier dans l'armée de Marguerite.	M. *Adam.*
STOFFEL, voleur de la troupe de Carl et espion du duc de Glocester.	M. *Pascal.*
CROFT, voleur.	M. *Tony.*
UN SOLDAT Anglais.	M. *Lafitte.*
Soldats Français.	
Soldats Anglais.	
Bûcherons Ecossais, déguisés en voleurs.	
Paysannes Ecossaises.	

La scène se passe en 1462, près d'Exham, petite ville du Northumberland, non loin des fron-tières d'Ecosse.

Vu au ministère de la Police générale de l'Empire, conformément aux dispositions du décret Impérial du 8 juin 1806, et à la décision de son Excellence le Sénateur Ministre, en date de ce jour. Paris, le 17 novembre 1809.   *Le Secrétaire général*, SAULNIER.

Vu l'approbation, permis d'afficher et représenter, ce 8 janvier 1810.
Le conseiller d'Etat, Préfet de Police, comte de l'Empire. DUBOIS.

MARGUERITE D'ANJOU.

ACTE PREMIER.

Le théâtre représente une plaine, traversée par une rivière, sur laquelle est un pont de pierre ruiné, et dont les arches du milieu sont réparées en charpente. La partie qui est en-deçà de la rivière est occupée par un camp en désordre ; quelques tentes ; des toiles jetées sur des branches et des pieux ; des baraques, etc. Aux trois premiers plans, la tente de la Reine ; elle est ouverte au lever du rideau, et laisse voir le site qu'on vient de décrire. On voit des paysans armés, mêlés avec des soldats, tous groupés diversement ; les uns boivent, les autres dorment, jouent, mangent, etc.

SCENE PREMIERE.

BELLEPOINTE, HORNER, *appuyés contre une pièce de canon. Ils jouent aux dés sur un tambour.*

BELLEPOINTE.

Douze, Warwick sera vaincu.

HORNER.

Je le désire. Mais je me souviens de la bataille de Northampton, où il commandait l'aile droite. Journée fatale qui nous coûta dix mille hommes, et dans laquelle notre bon Roi fut fait prisonnier.

BELLEPOINTE,

Puis traîné à Londres comme un criminel, et poignardé dans la tour par l'infâme Glocester. Mais éloignons ce souvenir déchirant. Nous sommes ici pour venger ce forfait inouï, et remettre la courageuse Marguerite sur le trône qui lui appartient ; notre mission sera remplie.

HORNER.

J'y verserai jusqu'à la dernière goutte de mon sang.

Nota. Toutes les indications que l'on trouvera dans la pièce sont censées prises du parterre, c'est-à-dire relativement aux spectateurs. Les personnages doivent être placés au théâtre comme ils le sont en tête de chaque scène.

BELLEPOINTE.

Nous l'emporterons, brave Horner ! Les champs de Wa-kefield et de Saint-Albans retentissent encore de vos cris de victoire.

HORNER.

Oui. Mais combien d'autres attestent nos défaites, et semblent prouver que le ciel protège le criminel Edouard !

BELLEPOINTE.

Dans ces jours de désastre votre cause n'était pas soutenue par le duc de Lavarenne ; Marguerite n'avait point encore paru à la cour de Louis XI, et enflammé le cœur de notre jeune noblesse. Vous ne comptiez point alors quinze cents Français dans votre armée !... Savez-vous, Horner, ce que peuvent quinze cents Français animés par la gloire et le désir de s'illustrer aux yeux de la beauté ? C'est plus qu'il n'en faut pour conquérir les trois royaumes. Allons, mille bombes ! à notre entrée dans Londres ! (*Ils trinquent.*)

HORNER.

Puisse l'évènement justifier votre enthousiasme !

BELLEPOINTE.

Il le justifiera.

SCENE II.

ISAURE, MORIN, BELLEPOINTE, HORNER.

(On voit Isaure et Morin se présenter à la tête du pont. Ils sont arrêtés par la sentinelle, et paraissent se quereller avec elle.

MORIN, *très-haut.*

Hé donc ! jé n'ai pas dé compte à té rendre. La consigne ?... Jé m'en bats l'œil ! Jé veux parler à la Reine... Entends-tu, c'est à la Reine qué jé veux parler... Où est-elle ? Que fait-elle ? Hein ? Elle visite le camp ?... Eh bien ! va la chercher. Donne-moi ta hallebarde, jé garderai ton poste.

BELLEPOINTE.

Plaisante proposition !

HORNER.

Que demande cet étranger ?

BELLEPOINTE.

Il est facétieux ! Je me trompe fort, ou son accent et sa gaîté m'annoncent un compatriote. N'est-il pas vrai, l'ami, vous êtes Français ?

MORIN.

Certainément ! et jé m'en fais honneur. (*A la sentinelle.*)

Qué diable ! laissé-moi donc passer , .. Tu vois bien qué jé suis en pays dé connaissance. (*A Isaure.*) Viens ça , pétit. (*Ils traversent tous deux le pont. A Bellepointe.*) Oui , mon brave , jé suis Français , originairé dé Bordeaux , naturalisé à Caudébec, en Normandie. Jé mé nomme Morin , j'ai pour prénom Michel.

BELLEPOINTE.

Ah ! Michel Morin !

MORIN.

C'est céla même. A l'exemple dé mon patron , j'ai su mettre à profit les talens universels qué la bienfaisanté nature m'a départis ; hé donc , jé fais un peu dé tout. Jé compose des vers , qué jé mets en musique , et qué jé chante divinément bien , quoiqu'en disent les envieux ; car , attendu qué les ignorans sont en très-grandé majorité dans cé bas monde , jé n'ai rencontré partout qué des antagonistes et des cnnseurs ; mais jé m'en bats l'œil. Dé plus , jé danse à faire plaisir ; jé rase à faire peur (pour la vivacité s'entend); jé saigne jusqu'à extinction ; jé coupe les cheveux , les bras , les jambes , et même les oreilles à quiconqué s'avisé dé douter dé mon mérite.

(*Il se tourne vers les paysans qui se sont approchés , et qui paraissent s'égayer de sa jactance.*)

BELLEPOINTE.

Je ne crois pas que personne ici ait cette hardiesse.

MORIN.

J'ai su qué la reine Marguerite faisait un appel à tous les hommes braves , déterminés et amans dé la beauté , et jé mé suis mis aussitôt en campagne. J'apprends à Dieppe qu'on équipe un bâtiment pour l'Angleterre. Jé mé présente au comte dé Longuéville , chargé dé rassembler des hommes pour l'armée dé la reine Marguerite ; il est , comme dé raison , enchanté dé ma bonne mine , et m'enrôle dé suite en qualité dé chirurgien. J'ai ma patente en poche... Oh ! jé suis en règle , et tout prêt à exercer mes fonctions. Si jé né guéris pas tous ceux qui uséront dé mon ministère , du moins jé mé flatte d'en fairé rire quelques-uns ; et après la mort , a dit jé né sais quel auteur , la gaîté est lé remède à presque tous les maux.

BELLEPOINTE.

Très-bien conclu , mon camarade.

HORNER, *d'un ton sévère.*

Vous montrerez vos papiers au duc de Lavarenne , lieutenant de Marguerite.

ISAURE, *à part avec joie.*

Il est ici !

HORNER.

Car vous pensez bien que la prudence ne permet pas d'admettre des étrangers, sans savoir d'où ils viennent, et par qui ils sont envoyés.

MORIN.

Certainement ! c'est très - naturel.... Aussi je ne m'offensé pas...

BELLEPOINTE.

Si l'on recevait indistinctement tous ceux qui se présentent, la sûreté de l'armée serait bientôt compromise. Aussi M. le Duc a-t-il établi là-dessus l'ordre le plus sévère.

ISAURE, *à part.*

Comment rester inconnue ?

BELLEPOINTE.

Ce jeune homme t'appartient sans doute ?

MORIN.

Mais...

ISAURE, *bas et vivement.*

Dites que oui.

MORIN.

A-peu-près. Il était sur le même bâtiment que moi, et m'a suivi depuis Berwick, où nous avons débarqué.

BELLEPOINTE.

Comment l'appèles-tu ?

MORIN.

Comment je l'appelle ?... C'est selon ; tantôt d'une façon, tantôt...

HORNER.

N'a-t-il pas un nom ?

MORIN.

Parbleu ! sans doute. Il faut bien que chacun ait le sien. Par exemple, je m'appelle Morin. (*A Horner.*) Vous... (*bas à Isaure.*) Dis-moi donc ton nom.

HORNER.

Horner.

MORIN, *à Bellepointe.*

Toi ?... (*bas à Isaure.*) Ton nom ?

BELLEPOINTE.

Bellepointe.

ISAURE, *bas à Morin.*

Eugène.

MORIN.

Bellepointé ! Ah ! il est joli ce nom-là ! Il conviendrait bien à un canonnier.

BELLEPOINTE.

Aussi le suis-je.

MORIN.

Jé t'en félicité. Hé donc! puisses-tu pointer si bien les Anglais, qu'il n'en échappe pas un.

HORNER.

Saurons-nous enfin comment s'appelle ton compagnon ?

MORIN.

Est-cé qué jé né vous l'ai pas encore dit? Eugène, n'est-cé pas ?

ISAURE, *timidement.*

Oui.

MORIN.

Vous l'entendez. Il s'appelle Eugène.

BELLEPOINTE.

Ah! ça, tu le connais au moins?

HORNER.

Arrangez-vous. Vous en répondez sur votre tête.

MORIN.

Sur ma tête !... moment.

ISAURE, *bas.*

Ne craignez rien... Ne m'abandonnez pas, vous saurez tout. *(Elle lui met une bague au doigt.)*

MORIN, *à part.*

Qué signifie ?... Cetté bagué est tout-à-fait jolie.

BELLEPOINTE.

Eh bien ! tu balances ?

MORIN.

Non, jé né balancé pas. Mais où donc est cetté grandé Reine ? Né puis-je être admis à l'honneur dé la voir ?

BELLEPOINTE.

Elle visite les postes avec le prince de Galles son fils, et le duc de Lavarenne. Nous allons à sa rencontre pour lui annoncer l'arrivée d'un homme qui, selon toute apparence, nous sera fort utile; car d'après la disposition des deux partis, on se portera des coups vigoureux. *(Il s'éloigne.)*

MORIN.

Tant mieux, sandis ! c'est cé qué jé démande pour mé faire connaître avantageusement... Allez, jé vous attends dé pied ferme.

(Horner, en s'en allant par le pont, les désigne à la sentinelle, et semble lui recommander de ne pas les perdre de vue.)

SCENE III.

MORIN, ISAURE.

MORIN.

Ah ça, petit gaillard, vous allez mé dire, jé penso, dans quel lieu vous avez dérobé cé bijou.

ISAURE.

Plus bas, je vous en prie.

MORIN.

Comment, sandis! plus bas!

ISAURE.

Mon cher Morin!

MORIN.

Jé né suis pas votré cher Morin. Né croyez pas mé séduire avec des paroles emmiellées. Lé cher Morin n'a jamais été pendu, et né commencera point pour vous. Voyons... expliquons-nous vite. Vous l'avez entendu; jé réponds dé vous. Il faut qué ma conscience soit intacte.

ISAURE.

Quoique votre caractère ne soit pas de nature à justifier la confidence que je vais vous faire, elle devient excusable par la nécessité. Lá situation embarrassante où je me trouve, et de laquelle vous seul pouvez me tirer, exige que je vous apprenne un secret que je m'étais bien promis de ne confier à personne; mais j'ose croire que vous n'en abuserez pas.

MORIN.

C'est sélon. Au fait, dé quoi s'agit-il?

ISAURE.

De me cacher aux yeux d'un époux.

MORIN.

D'un époux?... Pétit séducteur!... N'espérez pas qué jé favorise....

ISAURE, *avec dignité.*

Vous ne me comprenez pas, Morin. C'est mon époux que je viens chercher en ces lieux.

MORIN.

Votre!... Eh quoi! vous seriez?...

ISAURE.

Isaure, duchesse de Lavarenne.

MORIN.

L'épouse du grand Sénéchal dé Normandie! Excusez, madame; jé suis bien coupable d'avoir osé... On dit en effet qué M. lé Duc...

ISAURE.

J'avais à peine quinze ans lorsque mes parens formèrent cette union, fondée sur les convenances, mais pour laquelle l'amour ne fut point consulté. Des intérêts de famille exigèrent même qu'elle demeurât secrète ; et, si j'en excepte nos parens les plus proches, personne ne soupçonne peut-être encore aujourd'hui que le duc de Lavarenne ait changé d'état. Mon cœur, libre encore, vola au-devant de l'époux que l'on me présentait ; mais celui-ci, comblé des dons de la nature et de la fortune, énorgueilli de la faveur dont il jouissait à la cour, et des succès constans qu'il y avait obtenus, dédaigna la conquête facile d'un enfant, et me quitta bientôt pour aller cueillir les doubles lauriers que lui offraient la gloire et la galanterie.

MORIN.

Passé pour la gloire, mais...

ISAURE.

La fatalité qui semblait vouloir m'enlever sans retour le cœur du Sénéchal, permit que la reine Marguerite vînt alors à Paris pour solliciter de Louis XI les moyens de venger le meurtre de son époux et de reconquérir ses Etats; je ne connais pas cette princesse, mais on m'a dit souvent que sa beauté, son esprit et son courage la rendent digne de régner sur l'Univers. Sa vue ralluma l'ardente passion que le duc avait conçue pour elle à la cour de Lorraine ; car j'ai su depuis qu'il se trouvait à Nancy, lorsque le marquis de Suffolck vint y demander à René d'Anjou, la main de sa fille, pour Henri VI son maître, et qu'il avait mis en usage tous les moyens que peuvent suggérer l'amour et la jalousie pour empêcher cette alliance.

MORIN.

Peine perdue, madame, peine perdue ! Toutes les fois qu'un rival peut mettre un trône dans la balance, alors l'amour, quelque grand qu'il soit, ne pèse pas une once.

ISAURE.

Marguerite, devenue bien plus intéressante encore par ses malheurs, se vit bientôt entourée d'une cour nombreuse ; mais de tous les chevaliers qui accoururent lui présenter leurs services, le duc de Lavarenne fut le plus empressé et le mieux accueilli. Il offrit sa fortune et son bras ; la Reine accepta l'un et l'autre, et il parvint à rassembler en peu de temps une petite armée, à la tête de laquelle il se flatte de la replacer sur le trône.

MORIN.

Ce n'est pas parce que j'en fais partie, mais maintenant

Marguerite d'Anjou.   B

jé né doute pas qué cetté pétite armée né devienne avant peu
uné pépinière dé héros. Mais êtes-vous bien sûre qué M. le
Duc ait oublié lé nœud charmant qui l'unit à uné épouse
également intéressante par sa jeunesse et par ses grâces ?

ISAURE.

Oui , Morin, je n'en saurais douter. Des amis...

MORIN.

Ils avaient peut-être intérêt dé vous tromper.

ISAURE.

Le bruit public...

MORIN.

Est presque toujours menteur ou exagéré. Il se pourrait qué
lé duc de Lavarenne, aussi distingué par sa courtoisie qué
par ses hauts faits d'armes, n'eût embrassé la causé dé Marguerite , qué par enthousiasme , et pour signaler son ardeur
chévaleresque.

ISAURE.

Il n'est que trop vrai qu'il m'a totalement bannie de son
cœur. Résolue à mourir , si je ne puis ramener l'ingrat qui
m'abandonne , j'ai voulu du moins connaitre ma redoutable
rivale , et savoir jusqu'à quel point elle est aimée. Seule et
sans autre guide que ma tendresse , j'ai quitté mes domaines.
Sous ce déguisement je veux approcher de mon époux ; le
voir , veiller sur lui sans en être connue , sans qu'il puisse
soupçonner ma présence. Trop heureuse si je puis détourner
le coup qui viendrait le frapper, et la diriger vers ce cœur rempli de son image. Vous voilà maitre de mon secret... Secon-
dez-moi dans le dessein généreux qui m'a conduit ici. Ah
Morin ! si de l'or peut payer votre discrétion , je la mets à
prix que vous exigerez. Mais, je vous en conjure, ne
trahissez pas la malheureuse Isaure.

MORIN.

Vous trahir , sandis ! A Dieu né plaise qué jé la commette
cette action infâme. (*Avec emphase.*) Non , madame, vous
n'aurez pas vainement compté sur mon sécours. Réprenez
cetté bagué et acceptez mes services. Jé sérais indigne du
béau nom dé Français, si jé pouvais démeurer insensible aux
prières dé l'innocence persécutée et dé la beauté doulonreuse
dans les larmes. Hé donc, disposez dé Michel Morin ; il est à
vous à la vie , à la mort. (*On entend battre aux champs.*) Cé
bruit annonce lé rétour dé la Reine.

ISAURE, *regardant en-dehors.*

Le Duc l'accompagne. L'ingrat ! après une aussi longue
séparation, est-ce auprès d'uné rivale que je devais lé revoir !

MORIN.

Madame, il n'est pas prudent dé vous offrir d'abord à sa vue ; outre que votre émotion vous trahirait infailliblement, il sé pourrait qué M. lé Duc vous reconnût.

ISAURE.

Je n'avais que quinze ans quand il me quitta , et cinq années à cet âge...

MORIN.

Ont dû vous dévelop;er et occasionner un changément considérable , d'accord ; mais n'importe. Jé pense qué pour plus dé sûreté, il faut ajouter encore à votre déguisement Céci, c'est dé mon ressort. Vous êtes blonde ? En un clin-d'œil jé veux vous faire brune. Cetté jolie ligure n'annonce rien dé mâle... Deux petites moustaches , artistément placées, vous donneront un air martial. Oui, sandis ! avant qu'il soit deux jours, jé veux qué la reine Marguerite meure d'amour pour vous. Suivez-moi .. J'ai dans mon havresac tout cé qu'il faut... Eclipsons-nous... là , à deux pas... derrière ces grands arbres..

ISAURE.

Fortune ! amour ! je m'abandonne à vous !

(Ils s'enfoncent, à droite, à travers les arbres.)

SCENE IV.

HORNER , LE SÉNÉCHAL, MARGUERITE, ÉDOUARD, BELLEPOINTE.

(A l'entrée de la Reine, tout le monde accourt et se tient sous les armes.)

TOUS.

Dieu sauve la Reine !

MARGUERITE.

Braves amis ! combien ces témoignages de votre amour me touchent et me pénètrent. Ah ! si je désire de recouvrer ma puissance, c'est surtout pour avoir les moyens de reconnaître dignement tant d'affection et de fidélité.

LE SÉNÉCHAL.

Vous la recouvrerez, madame ; jamais le ciel n'eut à protéger une cause aussi belle et plus juste.

MARGUERITE.

Plus juste ! Oui. Que demandé-je aux Anglais ? L'héritage de mon fils ; le trône que lui a transmis son père, qui lui appartient légitimement à titre de succession, et n'a pu lui être ravi que par la coupable inobilité d'un parlement toujours prêt à se ranger du côté du plus fort.

LE SÉNÉCHAL.

Bientôt il se déclarera pour vous.

MARGUERITE.

Il le devrait, sans doute. Si l'amour des peuples est la juste récompense du bien qu'on leur a fait, qui jamais eut plus de droits que la veuve de Henry (1) ? Souvent chargée par mon époux de tenir les rênes de l'État, ai-je abusé de sa confiance et de mon empire ? Le bonheur de l'Angleterre n'a-t-il pas été l'unique objet de ma constante sollicitude ? Et cependant quel a été le prix de tant de soins ?... Après un règne de trente-huit ans, Henry est regardé comme un usurpateur, et c'est un Plantagenet qui occupe sa place ! Le farouche Glocester, ce tigre de la maison d'Yorck, a trempé ses mains homicides dans le sang du meilleur des Rois !... Et la veuve et le fils de Henry, naguères environnés de la splendeur du trône, sont réduits à mendier dans des cours étrangères !

LE SÉNÉCHAL.

Que dites-vous, madame ? ce mot est un outrage. Il ferait croire que les Français ont cessé d'être les défenseurs du beau sexe ! Ah ! s'ils avaient pu se montrer à ce point ennemis de leur gloire et démentir leur réputation, jusqu'à abandonner les bannières de la beauté, un seul de vos regards aurait suffi pour les y ramener tous. Qu'il vous souvienne, madame, de l'empressement avec lequel notre jeune noblesse vola au-devant de vous !... Louis vous avait permis d'engager à votre service tous ceux qui se présenteraient volontairement ; mais il fut obligé de restreindre cette permission ; vous eussiez bientôt dépeuplé ses états.

MARGUERITE, *avec affection.*

Je sais aussi, cher Duc, à qui je suis redevable de tant de zèle, ce cœur ne l'oubliera jamais. (*se tournant vers l'armée.*) Si le sort devenant plus juste, permet que, grace à votre courage, mon fils règne un jour sur la Grande-Bretagne, les malheurs de Henry seront une leçon frappante pour sa vie entière. Formé à l'école de l'adversité, il aura

(1) Henri VI n'était pas mort à l'époque où j'ai placé l'action. Il n'a péri que cinq ans plus tard ; mais outre que sa vie a été purement passive, puisque depuis la bataille de Northampton, il est resté presque sans interruption à la tour de Londres, la supposition de sa mort devenant favorable à mon drame, j'ai cru pouvoir me permettre ce leger anachronisme. *Note de l'auteur.*

sur son père l'avantage d'avoir fait l'utile épreuve de l'infortune. Peut-être le ciel n'a-t-il voulu lui donner qu'à ce prix l'instruction nécessaire pour gouverner avec sagesse. Je ne croirai pas qu'il l'ait payée trop cher, si je la fais servir au bonheur de la nation, et si je puis faire oublier à l'Angleterre, dans un règne de justice et de paix, les troubles qui la désolent depuis trop long-tems.

ÉDOUARD.

Oh oui! quand je serai Roi, je veux que tout le monde soit heureux.

(On baisse à demi la draperie qui ferme la tente de la Reine, de manière à la faire remarquer.)

SCENE V.

Les Précédens, MORIN, ISAURE avec une perruque brune et des moustaches.

BELLEPOINTE, s'avançant avec respect.

Les deux Français, dont nous avons annoncé l'arrivée à sa Grace, sollicitent l'honneur d'être admis devant elle.

MARGUERITE.

Qu'ils s'approchent. Bons Français, soyez les bien venus! Je contracte chaque jour des dettes immenses envers votre nation. (elle regarde Lavarenne d'une manière significative.) Un seul instant peut les acquitter. Que mes vœux s'accomplissent, et cet instant sera le plus heureux de ma vie.

ISAURE, d part avec inquiétude.

Quelle expression! Comme elle a regardé le Sénéchal.

BELLEPOINTE, à Morin.

Tes papiers.

(Morin les lui donne et Bellepointe les remet au Sénéchal qui les examine.)

MORIN, à part.

Prouvons que je suis modeste quoique gascon. (haut, après avoir salué respectueusement Marguerite.) Grande Reine, il est vrai que je possède des talens prodigieux, mais il est encore plus vrai que mon zèle, pour votre service, est mille fois au-dessus de mes talens.

ÉDOUARD, à Isaure.

Et toi, viens-tu aussi te battre pour nous?

ISAURE.

Oui, mon Prince. Vaincre ou mourir fut toujours la devise des Français ; je sens mieux que jamais aujourd'hui que c'est la seule qui me convienne.

MARGUÉRITE.

Ce jeune homme a une figure tout-à-fait distinguée.

MORIN, *à part.*

Grace à mes moustaches !

LE SÉNÉCHAL.

Et une voix bien touchante.

ISAURE, *à part.*

L'ingrat la méconnalt !

MORIN, *à part.*

Puissé-t-elle arriver jusqu'à son cœur !

LE SÉNÉCHAL.

Il s'exprime avec une grâce parfaite.

MARGUÉRITE.

Ce serait dommage de l'exposer aux dangers des combats.

MORIN, *bas à Isaure.*

Lé charme opère. Hé donc ! quand je vous ai dit...

ÉDOUARD, *à sa mère.*

Je supplie votre Grace de permettre qu'il me serve de page.

MARGUÉRITE.

Mais... oui. N'y consentez-vous pas... (*Elle paraît désirer de savoir son nom.*)

BELLEPOINTE.

Il se nomme Eugène.

MARGUÉRITE.

Eugène ?

ÉDOUARD.

Dis oui, je t'en prie.

ISAURE.

Tout ce qui me rapprochera de votre auguste personne, madame, ne peut que m'honorer et combler mes plus chers désirs.

ÉDOUARD, *à Isaure.*

Oh ! tu es bien aimable ! embrasse-moi... La Reine le permet. Ecoute, tu ne me quitteras plus... Sais-tu manier la lance, l'épée ?

ISAURE.

Je suis bien novice encore.

ÉDOUARD.

Tant pis! tu m'aurais appris ce que tu sais. Eh bien , c'est moi qui serai ton maître. Nous nous escrimerons du matin au soir. Je veux devenir bien habile afin de battre nos ennemis. Quand on veut être Roi, il faut s'accoutumer de bonne heure à donner l'exemple.

MARGUERITE.

Oui , mon fils : n'oubliez jamais que le trône impose tous les devoirs , et ne dispense d'aucun.

LE SÉNÉCHAL.

Il sera le digne héritier des vertus et du courage de sa mère. Bellepointe , je te charge de l'éducation militaire du jeune Prince et d'Eugène.

BELLEPOINTE.

M. le Duc , j'accepte avec transport cet honorable emploi, et je m'en acquitterai...

MARGUERITE.

Comme un Français ; c'est tout dire.

HORNER, *avec humeur.*

Toujours les Français ! Toutes les faveurs , tous les éloges sont pour eux.

BELLEPOINTE.

C'est tout simple, mon camarade. D'abord , sans amour-propre, ils le méritent ; et puis, la Reine est Française : voilà, j'espère, des raisons sans réplique.

ÉDOUARD.

Allons , Bellepointe, viens tout de suite nous donner une leçon.

BELLEPOINTE.

Je suis à vos ordres , mon Prince.

ÉDOUARD, à *Isaure.*

Viens.
(Isaure hésite, on voit qu'elle est fâchée de laisser son époux avec la Reine.)

MARGUERITE.

Allez, Eugène.

MORIN.

Moi , je vous suis pour chanter le vainqueur.
(Edouard sort en tenant Isaure par la main. Ils sont suivis de Bellepointe et de Morin.)

MARGUERITE, à *Horner.*

Laissez-nous. (*Horner sort.*)

SCENE VI.

MARGUERITE, LE SÉNÉCHAL.

(*La tente est entièrement fermée.*)

MARGUERITE.

Eh bien, Sénéchal, que pensez-vous de l'évènement qui se prépare et qui va décider de mon sort ?

LE SÉNÉCHAL.

Tout vous présage le plus heureux succès, madame. Le Northumberland retentit partout du bruit des armes; le roi d'Écosse vous envoie des secours ; le duc de Sommerset s'avance à la tête de douze mille hommes ; le peuple vient de toutes parts se ranger sous vos drapeaux...

MARGUERITE.

Le peuple! Ah! Sénéchal, qui plus que moi a fait l'épreuve de son inconstance? Il se presse, il me flatte aujourd'hui, dans l'espoir des récompenses, parce qu'il croit au retour de mon pouvoir. Que demain un nuage obscurcisse l'éclat passager qui m'environne, cette foule empressée se dissipera comme une ombre légère, et je ne trouverai plus que des ennemis, des assassins peut-être, dans ces hommes en apparence si fidèles et si dévoués.

LE SÉNÉCHAL.

Ah ! madame, ce tableau affligeant...

MARGUERITE.

Est vrai. Il est justifié par l'expérience de tous les tems. Je n'ai qu'un ami, un ami sûr et véritablement sincère. L'homme, qui pour me suivre et défendre ma cause, a abandonné son pays et sa famille, s'est dépouillé pour moi de tout ce qu'il possédait, a renoncé à son rang, à ses titres, à sa fortune, est le seul sur qui je puisse compter; celui-là seul mérite tous mes sentimens.

LE SÉNÉCHAL.

Ce que j'ai fait pour vous, madame, est loin de ce que vous méritez. (*A part.*) Qu'il m'en coûte pour retenir ce fatal secret toujours prêt à s'échapper.

MARGUERITE.

Vous soupirez, Sénéchal! Vous avez des peines.

LE SÉNÉCHAL.

Oui, madame... Mais parlons de vos espérances.

MARGUERITE.

Non, mon ami, parlons avant tout de vos chagrins; je veux les connaître.

LE SÉNÉCHAL.

Permettez que nous nous occupions de vos seuls intérêts.

MARGUERITE.

Mon cher Sénéchal, depuis long-tems je respecte vos secrets. Si j'ai mérité votre confiance, ne balancez pas à m'ouvrir votre cœur. Ce n'est pas la curiosité qui me fait désirer de lire dans votre âme ; c'est l'intérêt le plus vif, l'amitié la plus tendre.

LE SÉNÉCHAL, à part.

Honneur, devoir, soutenez mon courage.

MARGUERITE.

Demain, aujourd'hui peut-être, nous volerons au combat. Qui sait le sort qui nous attend, et si le signal redoutable ne sera point celui de notre séparation. Au nom du ciel, ne me cachez pas vos chagrins, leur poids sera plus léger, si une amie véritable les partage.

LE SÉNÉCHAL.

Ah ! madame !

MARGUERITE.

Quels sont les maux que ne peuvent guérir le tems et l'amitié ?

LE SÉNÉCHAL.

Les miens. Ah ! vous êtes loin d'en soupçonner toute l'étendue. Luttant sans cesse avec moi-même ; me faisant une violence continuelle pour les renfermer dans mon sein ; à jamais privé de l'espérance de les voir terminés ; entièrement livré à une passion insurmontable ; qui fait le charme et le tourment de mon existence... de grace, madame, ne me forcez pas à vous en dire davantage ; laissez-moi me consumer en silence ; ne m'exposez pas à perdre à la fois votre estime et la vie ; laissez-moi mourir digne d'être plaint, d'être regretté par votre âme sensible, qui ne connaîtra pas, qui ne doit jamais connaître la cause de mon désespoir.

MARGUERITE.

Quoi ! Sénéchal, aimeriez vous ?

LE SÉNÉCHAL.

Dites donc que j'adore, que j'idolâtre !... Oui, le sort en est jeté ! Dussé-je en périr, il faut que ma bouche confirme ce que mon trouble a dû vous apprendre. Mon amour est trop violent pour vous le taire plus long-tems. Oui, Marguerite, je vous aime ; je vous adore ; cette passion, chère et fatale, fera le destin de ma vie. Je ne puis rien opposer à son invincible puissance. C'est en vain que j'ai combattu ce sentiment impérieux. Je suis coupable, je l'avoue, je

Marguerite d'Anjou.   C suis indigne de pardon ; je sens que je vous fais une mortelle offense... Mais la force humaine ne peut résister à tant d'assauts. Connaissez toute la violence de l'amour que vous m'avez inspiré. Votre colère, je tems, l'absence, le bouleversement de la nature entière, ne pourraient vous bannir de ce cœur où vous régnez, et qui battra pour vous tant qu'une goutte de ce sang que vous animez, circulera dans mes veines.

MARGUERITE.

Relevez-vous, Sénéchal. Loin de m'irriter, votre aveu me touche.

LE SÉNÉCHAL.

Qu'avez-vous dit ?

MARGUERITE.

Que je ne puis me défendre d'éprouver la plus vive reconnaissance pour un guerrier digne de toute mon admiration. Oui, Sénéchal, je ne crains pas de l'avouer ; si je recouvrais ma couronne et qu'il me fût permis de la partager avec vous, je croirais ne pouvoir mieux servir ma nation qu'en m'associant un héros qui mettrait son bonheur et sa gloire à défendre mes droits.

LE SÉNÉCHAL, *anéanti.*

Qu'entends-je ?

MARGUERITE.

La vérité.

LE SÉNÉCHAL.

Oh ! moment délicieux et cruel !

MARGUERITE.

Je le pourrais sans crime, puisque je n'appartiens qu'à moi seule.

LE SÉNÉCHAL.

Sans crime ! et moi, moi !... (*il se cache la tête dans les mains.*) Oh ! jour à la fois heureux et terrible !.. Marguerite, s'il arrivait que nous fussions séparés, promettez-moi du moins que vous me conserverez votre estime.

MARGUERITE.

Elle fut et sera toujours la base de mes sentimens pour vous. Mais vous me cachez quelque secret qui vous afflige. Cher Lavarenne, je vous en conjure, expliquez-moi la cause du trouble où je vous vois.

LE SÉNÉCHAL.

Vous là connaîtrez un jour. Alors, loin de m'accuser, vous me plaindrez ; oui, Marguerite, vous me plaindrez, car je suis bien malheureux. (*A part.*) Quel mal tu me fais, cruelle Isaure !

SCENE VII.

MARGUERITE, ISAURE, LE SÉNÉCHAL.

ISAURE, *ouvrant la tente.*

Que désire Monseigneur ?

MARGUERITE.

Rien. Laissez-nous.

SCENE VIII.

MARGUERITE, ÉDOUARD. BELLEPOINTE, ISAURE, LE SÉNÉCHAL.

ÉDOUARD, *accourant avec une lance à la main.*

Viens donc, Eugène. Pourquoi as-tu quitté la leçon ?

ISAURE.

Pardon, mon prince ; j'ai cru que l'on m'appelait. (*dou-loureusement.*) Mais je me suis trompée.

ÉDOUARD.

La Reine veut-elle permettre que je lui montre ce que je sais ?

MARGUERITE.

Oui, mon fils.

ÉDOUARD.

Allons, Bellepointe ; d'abord l'exercice de la lance. (*aux différens signes de Bellepointe, il exécute, en marchant, tous les mouvemens que l'on peut faire avec la lance et le javelot.*) Maintenant l'arme blanche. (*il remet sa lance à Bellepointe qui lui donne une épée. Il s'escrime avec Isaure, et déploie beaucoup d'adresse et de vivacité dans ce petit combat, à la fin duquel Isaure laisse échapper son arme. Edouard, au comble de la joie, court dans les bras de Marguerite.*) La Reine voit bien que j'en sais maintenant plus qu'il ne faut pour battre les Anglais.

MARGUERITE, *à Bellepointe.*

Voilà un élève qui vous fera honneur.

SCENE IX.

BELLEPOINTE, MARGUERITE, ÉDOUARD, HORNER, LE SÉNÉCHAL, ISAURE, STOFFEL.

HORNER, *à la reine.*

Un courrier, qui arrive à l'instant, apporte cette lettre du duc de Sommerset, pour votre Grace.

MARGUERITE, *ouvre la lettre.*

(Pendant qu'elle lit, Stoffel passe derrière les personnages et se glisse, sans être vu, dans un coin de la tente, à droite. Après avoir lu, Marguerite s'approche de Lavarenne et lui dit :)

Le Duc me mande qu'il s'avance vers nous à marches forcées, et qu'il espère nous rejoindre peut être aujourd'hui. Des feux allumés sur le sommet des montagnes voisines annonceront son arrivée.

STOFFEL, *à part.*

Des feux sur les montagnes !... Bon !

MARGUERITE.

Ils nous serviront de signal pour attaquer le féroce Glocester dans ses lignes, avant que Warwick ait pu le rejoindre, et qu'il ait eu le tems de rassembler toutes ses forces. Surpris de notre audace, il ne nous opposera qu'une faible résistance, et Sommerset, qui tombera à l'improviste sur ses flancs, achèvera sa défaite.

LE SÉNÉCHAL.

Ce plan est bien conçu.

STOFFEL, *à part.*

Je vais le déranger. (*il sort furtivement.*)

SCENE X.

BELLEPOINTE, ISAURE, ÉDOUARD, MARGUERITE, LE SÉNÉCHAL, HORNER.

MARGUERITE.

Pendant que je vais parcourir la droite de l'armée, pour concerter avec les chefs les divers mouvemens qu'ils doivent exécuter, vous, Sénéchal, faites, avec vos braves Français, toutes les dispositions que vous jugerez convenables pour empêcher le passage de la rivière, et surtout pour la défense du pont. (*A demi-voix.*) Nous nous reverrons bientôt, et j'espère alors connaître tous vos secrets. (*haut.*) Suivez-moi, Édouard ; venez montrer à nos défenseurs celui qui doit être leur Roi.

(Elle sort suivie de son fils et d'Horner. Bellepointe et Isaure se retirent.)

SCENE XI.

ISAURE, LE SÉNÉCHAL.

LE SÉNÉCHAL.

Oui ! je dois le faire cet aveu, qui va détruire à jamais mon bonheur et renverser mes plus chères espérances. Si je le retardais plus long-tems, Marguerite pourrait croire que j'ai voulu la tromper. Elle aurait le droit de m'accuser de perfidie, de lâcheté. Grand Dieu ! Mes maux sont à leur comble ; mais ce serait-là le plus affreux de tous. (*il s'assied près d'une table, placée à droite dans un coin de la tente.*)

ISAURE, *à part, entr'ouvrant doucement la tente.*

Mon cœur me dit de voler dans ses bras ; mais la crainte, plus forte, me retient et semble enchaîner ma volonté.

LE SÉNÉCHAL, *écrivant.*

« Pardonnez, grande Reine, si la crainte d'attirer sur » moi votre courroux, m'a fait vous cacher le secret redou- » table qui cause mon malheur. »

ISAURE, *à part.*

S'il blâmait une démarche inspirée par l'amour... s'il me repoussait de son sein !... ah ! j'en mourrais, je le sens.

LE SÉNÉCHAL, *écrivant.*

« Envain vous m'avez flatté du plus heureux espoir. Le » sort nous sépare à jamais. Hélas ! ces mots si doux qui » pourraient nous unir, je les ai prononcés. »

ISAURE, *à part.*

Ses regards douloureux se portent vers le ciel ; on dirait qu'il l'accuse. (*A genoux.*) Mon Dieu ! quelle que soit la cause de sa peine, daigne l'adoucir ; ramène ses pensées vers celle qui lui a donné son cœur, et qui voudrait lui consacrer chaque instant de sa vie.

LE SÉNÉCHAL, *continuant d'écrire.*

« Oui, une autre a reçu mes sermens, et je ne puis me » le dissimuler, elle mérite toute mon estime ; elle mérite- » rait tout l'amour d'un cœur qui ne serait pas rempli de » l'image de Marguerite. »

ISAURE, *à part, avec tristesse.*

Il a parlé de Marguerite.

LE SÉNÉCHAL, *écrivant.*

« Je suis donc coupable en vous aimant, et l'honneur veut » que je vous empêche de vous livrer à un sentiment que je

» ne puis éprouver sans crime. Adieu , Marguerite ; je vais
» chercher dans les combats un repos que je ne puis plus con-
» naitre près de vous. Adieu, vous ne verrez plus l'infortuné
» LAVARENNE. » (*Il se lève après avoir plié et cacheté la
lettre.*) Maintenant que j'ai satisfait à ce qu'exigeaient l'honneur et la loyauté, je me sens moins malheureux. Mon cœur
bat plus librement. Il est là , l'éternel sentiment de notre
devoir ; nul ne peut s'y soustraire. Par qui ferai-je tenir cette
lettre à la Reine ? (*il aperçoit Isaure.*) Te voilà , Eugène ?
tant mieux ! quoique je ne te connaisse que depuis un moment, cependant je te préfère à tout autre pour la commission
délicate dont il s'agit. Ta figure , ta manière de t'exprimer ,
annoncent une âme honnête et de l'intelligence.

ISAURE.

Ce que je désire le plus au monde , c'est de plaire à M. le
Duc.

LE SÉNÉCHAL, *à part.*

Sa voix a je ne sais quelle inflexion... (*haut.*) Ecoute,
Eugène. Selon toute apparence, aujourd'hui , ou demain au
plus tard, on se battra.

ISAURE.

Ciel !

LE SÉNÉCHAL.

Eh bien ! tu as peur ?

ISAURE, *avec une sensibilité naïve.*

Non pas pour moi , Monseigneur.

LE SÉNÉCHAL.

Et pour qui donc ?

ISAURE.

Mais pour vous...pour la Reine. (*A part.*) Sachons jusqu'à
quel point il l'aime.

LE SÉNÉCHAL.

N'est-ce pas que tu n'as pu te défendre en la voyant d'une
impression subite ?

ISAURE.

Il est vrai, Monseigneur ; j'ai éprouvé...

LE SÉNÉCHAL.

Ce qu'elle inspire à tous ceux qui ont le bonheur d'être
admis près d'elle.

ISAURE.

Monseigneur paraît bien pénétré de toutes ses perfections.

LE SÉNÉCHAL.

Je ne le cache point , elles ont excité mon enthousiasme et
mon admiration. L'espoir d'illustrer mon nom, en défendant

les droits d'une princesse malheureuse, a dû exalter mon courage, et je suis résolu à mourir, s'il le faut, pour replacer Marguerite sur le trône qui lui appartient.

ISAURE.

Mourir ! Et M. le Duc ne regrettera rien ?

LE SÉNÉCHAL.

Rien ! Qui t'a dit ?...

ISAURE.

Je pensais bien qu'un seigneur aussi galant, aussi aimable, devait avoir laissé en France...

LE SÉNÉCHAL, à part.

En France !... Oui !.. (il soupire.) Je ne puis, je ne dois jamais l'oublier.

ISAURE, à part.

Je n'ai pas perdu toute espérance.

LE SÉNÉCHAL.

Mais vous êtes curieux, Eugène.

ISAURE.

Pardon, Monseigneur. Je ne me consolerais pas de vous avoir offensé.

LE SÉNÉCHAL.

Revenons à l'objet dont je te parlais. L'emploi que t'a donné la Reine t'attache à sa personne et à celle de son fils ; ainsi tu ne les quitteras point.

ISAURE.

Et vous, Monseigneur, vous ne serez donc pas auprès d'elle?

LE SÉNÉCHAL.

Non.

ISAURE, à part.

Tant mieux !

LE SÉNÉCHAL.

Je commande l'aile droite, et la Reine doit demeurer au centre. Après la bataille, et quelqu'en soit l'issue, tu remettras cette lettre à Marguerite. Tu me jures sur l'honneur de ne point la lui donner auparavant?

ISAURE.

Oui, Monseigneur. (Elle prend la lettre.)

LE SÉNÉCHAL.

J'aime à croire que tu rempliras fidèlement ta promesse, et je veux t'en récompenser d'avance. (il lui offre une bourse.) Il y a là de quoi assurer ta fortune.

ISAURE, avec dignité.

On n'achète point la fidélité, Monseigneur : de l'or ne saurait la payer.

LE SÉNÉCHAL.

Tu as raison. Je vois avec plaisir que je ne me suis pas trompé sur ton compte. Tiens, ce souvenir te flattera davantage. (*il lui donne un anneau.*)

ISAURE.

Je n'en avais pas besoin ; mais je l'accepte avec transport. Il ne me quittera jamais.

LE SÉNÉCHAL.

Adieu, Eugène. (*il ouvre la tente, dont on relève la draperie comme au commencement de l'acte.*)

ISAURE.

Est-ce que je ne dois plus revoir Monseigneur?

LE SÉNÉCHAL.

Je vais parcourir la partie du camp qui est confiée à mon commandement, et je reviendrai bientôt trouver ici la Reine pour lui rendre compte de l'exécution des ordres qu'elle m'a donnés.

ISAURE.

Si j'osais...

LE SÉNÉCHAL.

Parle.

ISAURE.

Je prierais Monseigneur de me permettre de l'accompagner.

LE SÉNÉCHAL.

Viens, mon ami.

ISAURE.

Ah! monseigneur... (*elle se précipite sur sa main.*)

LE SÉNÉCHAL.

Bon Eugène !

ISAURE.

Vous comblez tous mes vœux !

LE SÉNÉCHAL.

Il m'intéresse vivement !

(*ils sortent tous deux par la gauche.*)

SCENE XII.

STOFFEL.

(Il était caché derrière la tente. Il suit de loin le Sénéchal et Isaure, en jetant les yeux de tous côtés. Dans les mouvemens qui vont être indiqués, il n'agit que quand la sentinelle du pont a le dos tourné. Il tient un arc à la main.)

Je viens de lancer de l'autre côté du fleuve un avis qui annonce au duc de Glocester, l'arrivée prochaine de Sommerset et le signal convenu. Je ne doute pas qu'il n'en fasse promptement usage, et que nous ne voyons bientôt paraître sur le sommet des montagnes des feux trompeurs, qui éclaireront la défaite de Marguerite, au lieu du triomphe dont elle se flatte. Il me reste maintenant à remplir l'objet principal de mon message. Je dois placer sous ce pont cette boîte remplie de je ne sais quelle composition diabolique, dont l'explosion terrible et subite, au passage de la Reine, doit la frapper d'une mort inévitable. C'est à l'insu de Carl, de notre chef, que j'ai sollicité cette commission. Quelle serait sa colère s'il savait qu'un autre que lui est chargé de donner la mort à cette Reine altière, dont il est, depuis douze ans, l'implacable ennemi ! Quoique je ne me pique pas du tout de sensibilité, au contraire, j'avoue que ce moyen me répugne. Mais j'ai promis ; on me paye pour cela ; un honnête homme n'a que sa parole. (*il va placer adroitement sous le pont une boîte qu'il tenait cachée sous son manteau.*)

SCÈNE XIII.

STOFFEL, MORIN, puis BELLEPOINTE et des Soldats.

MORIN, *de loin, à Stoffel.*

Hé ! camarade...

STOFFEL, *se retourne, voit Morin, et change sur-le-champ d'attitude ; il feint d'être aveugle et boiteux.*

(*A part.*) On vient !... Changeons de rôle.

MORIN.

N'avez-vous pas vu...

STOFFEL.

Vu ! Hélas ! je le voudrais bien. Mais je suis privé de cet organe si nécessaire. (*il se dirige vers la rivière.*)

MORIN.

Comment, vous êtes aveugle ?... Eh bien, prenez donc garde, vous allez tomber dans la rivière. (*il regarde autour de lui.*) Eh ! Bellepointe ! Bellepointe ! viens donc.

BELLEPOINTE.

Que veux-tu ?

MORIN.

Avez-vous perdu la tête ?... Que diable faites-vous ici de cet aveugle ? Il se noyait si je ne fusse arrivé.

BELLEPOINTE.

Qu'est-ce que tu dis ? Je ne connais point d'aveugle dans l'armée.

Marguerite d'Anjou.   D

(Il arrive successivement plusieurs soldats qui sont attirés par les cris de Morin.)

STOFFEL, à part.

Haï ! haï !

MORIN.

Tu ne connais pas ?... (à part.) Dans le fait, de loin il m'avait paru ingambe. (bas à Bellepointe.) Je soupçonne le drôle ! Interrogé-le.

BELLEPOINTE.

Qui es-tu, l'ami ?

STOFFEL.

Hélas ! je suis un malheureux que la nature a cruellement maltraité.

BELLEPOINTE.

Que viens-tu faire dans ce camp ?

STOFFEL.

Implorer quelque secours de la pitié.

MORIN.

Y a-t-il long-temps que tu es aveugle ?

STOFFEL.

Depuis ma naissance.

MORIN.

Tant mieux, sandis ! (bas à Bellepointe.) Nous allons savoir la vérité. (haut.) Vite une lancette, un bistouri, que je lui fasse l'opération.

STOFFEL.

Miséricorde ! je ne la supporterai jamais.

MORIN, bas à Bellepointe.

Il a peur : c'est un fourbe. Mais je veux en être encore plus sûr. (haut.) Voyons que j'examine ses yeux. (il s'approche de Stoffel, qui est tenu par deux ou trois soldats.) C'est ce qu'il me faut. Le malade a tous les symptômes réquis. Je vais l'opérer devant vous. (bas à Bellepointe.) Il n'est pas plus aveugle que moi.

STOFFEL.

Grace, M. le Docteur.

MORIN.

Mais non ; j'y songe. C'est le ciel qui me l'envoie. Depuis long-temps je cherche l'occasion de faire usage d'une eau admirable, dont la découverte doit m'immortaliser.

STOFFEL, à part.

Ouf ! Je respire. Feignons d'être guéri par l'effet de cette eau. (*haut.*) Oui , M. le Docteur , je préfère ce moyen ; il offre moins de dangers.

MORIN.

Qué l'on m'apporte ma pharmacie, (*bas à Bellepointe.*) Un peu d'eau dé la rivière. (*avec emphase*) Vous allez être témoins d'une cure miraculeuse. Faites asseoir l'aveugle. Ah ! ah ! les cent bouches de la Renommée seront insuffisantes pour publier cette étonnante guérison.

STOFFEL, *à part.*

La bonne dupe !

(On apporte un siège, on fait asseoir Stoffel. Bellepointe revient et apporte de l'eau dans un verre.)

MORIN,

Bien ! Voilà la précieuse fiole... la voilà cette liqueur divine , dont la composition m'a coûté tant dé veilles. Attention ! tout lé monde. (*il laisse tomber quelques gouttes d'eau sur les yeux de Stoffel.*)

STOFFEL , *ouvrant les yeux, et paraissant frappé de l'éclat du jour.*

Quelle eau miraculeuse !... O mon bienfaiteur !

MORIN, *à tous ceux qui l'entourent.*

Hé donc ! vous avez vu lé prodige !... Mais il mé semble qué lé miracle est imparfait et qué tu né distingues pas encore bien les objets ?

STOFFEL.

A merveille !

MORIN.

J'en veux juger. Dé quelle couleur est cé vétément ?
(*il lui montre une étoffe rouge.*)

STOFFEL.

Rouge.

MORIN.

Bravo ! Et celui-ci ?

STOFFEL.

Jaune.

MORIN.

Bravissimo ! Et cet autre ?

STOFFEL.

Noir.

MORIN.

Rusé scélérat ! Tu es aveugle dé naissance, dis-tu, et tu connais les couleurs !

STOFFEL, *à part.*

Oh ! maladroit ! Le drôle est plus fin que moi.

MORIN.

Ah ! triple coquin ! né bougé pas. Si mon bras se lève sur toi, tu peux regarder à tes pieds : c'est comme si ta fosse y était creusée. Mais selon toute apparence, tu n'es pas plus boîteux que tu n'étais aveugle. Hé donc ! c'est ce que nous allons voir. Viens ça, bélître, espion maudit. (*il le place à droite de la scène.*) Bellepointe, ton sabre ? (*Morin tire le sien ; tous les soldats en font autant.*) Maintenant, sauté, coquin, où nous te coupons les jambes.

STOFFEL.

Qu'exigez-vous de moi ? Je puis à peine me soutenir.

MORIN.

Sauté, té dis-je. (*Stoffel saute à plusieurs reprises par-dessus les sabres, et se sauve à toutes jambes à travers le camp. Morin le poursuit et l'arrête.*) Tu voudrais t'échapper, jé pensé. Nenni dà ! jé veux avoir l'honneur dé té conduire moi-même à la garde du camp. (*il place Stoffel entre quatre soldats, et marche à leur tête d'un air triomphant.*) Ah ! ah ! première victoire, en attendant la seconde. En avant, marche.

SCÈNE XIV.

ISAURE, LE SÉNÉCHAL, MARGUERITE, EDOUARD, BELLEPOINTE, HORNER, Soldats Français, Paysans armés.

(*On voit briller des feux sur les montagnes du fond. On entend battre la générale.*)

HORNER.

Voici la Reine.

BELLEPOINTE.

Et monsieur le Sénéchal.

MARGUERITE, *entrant par la droite, au Sénéchal, qui vient à sa rencontre.*

Sénéchal, voilà les feux qui nous annoncent l'arrivée de Sommerset.

LE SÉNÉCHAL.

Madame, j'ai parcouru l'armée, et j'ai trouvé tous les cœurs animés d'un égal enthousiasme. Officiers, soldats, tous se disputent l'honneur d'occuper les postes les plus périlleux. Je crois que vous pouvez tout espérer d'une si belle ardeur, et qu'il est prudent de ne la point laisser se ralentir. Donnez de suite le signal du combat.

(*Au signe de Marguerite, Bellepointe et Horner, crient aux armes. Ce cri est répété dans le camp. L'armée se rassemble.*)

MARGUERITE.

Avant tout, demandons au ciel de nous être favorable. (*Au signe de Marguerite toute l'armée se prosterne.*) Protecteur éternel du juste, exauce les vœux d'une mère infortunée. Dieu des armées, verse dans l'âme de ces guerriers tous les feux dont la mienne est embrasée. O mon dieu ! j'adore tes décrets ; mais s'il faut que le jour qui nous éclaire soit le dernier de ma puissance, s'il doit soumettre pour jamais cet empire au joug d'un tyran, fais du moins que je rencontre l'assassin de mon époux ; donne-moi la force de le combattre, et que mon bras puisse trouver le chemin de son cœur. C'est là que vous trouverez le farouche Glocester. (*Tous les soldats se lèvent.*) puisse le ciel l'offrir à vos premiers coups ! Viens, mon fils ; malgré ta jeunesse, viens apprendre comment on doit reconquérir un trône.

(*La Reine présente sa main au Sénéchal, qui la baise avec tendresse, puis elle sort en traversant le pont, à la tête d'une partie de l'armée. Isaure la laisse aller et vient auprès de son époux : mais le jeune Prince, qui l'appelle, l'oblige à s'éloigner du Sénéchal.*)

SCENE XV.

LE SÉNÉCHAL, Soldats Français.

LE SÉNÉCHAL, *à ses soldats.*

Pour vous, il suffit d'un mot. Vous êtes Français ; l'ennemi est là ; c'est vous montrer la victoire.

(*Marche vive. Bellepointe commande l'artillerie. Tous sortent par la gauche.*)

SCENE XVI.

HORNER, Soldats et Paysans de l'armée de Marguerite.
(*Le canon gronde. On entend le bruit du combat. Bientôt l'armée de Marguerite est repoussée. On voit passer des corps en déroute.*)

HORNER, *en fuyant.*

O trahison infâme ! ces feux nous ont trompés. Au lieu de Sommerset nous avons trouvé l'ennemi.

(*Des soldats des deux partis passent en combattant. Les Lancastriens sont battus.*)

SCENE XVII.

ISAURE, MORIN.

ISAURE.

Cher Sénéchal, où êtes-vous ?

MORIN, *l'entraînant en-deçà du pont.*

Tout est désespéré ! Songeons à nous soustraire à un trépas inévitable. Venez, madame, cachons-nous derrière cette tente.

ISAURE.

Cher Lavarenne !

MORIN.

Paix donc ! vos cris ne le sauveront pas, et ils peuvent nous perdre... ici, madame. (*Ils se cachent dans un coin de la tente à droite, derrière un faisceau d'armes.*)

SCENE XVIII.

Les Précédens, MARGUERITE, EDOUARD, Français, Soldats Anglais.

(Un gros d'Anglais veut prendre la Reine et son fils, qui sont entourés et défendus par des Français ; ceux-ci barrent le pont tandis que Marguerite passe avec Edouard.)

MARGUERITE, *en fuyant.*

O journée désastreuse ! les élémens eux-mêmes semblent conspirer contre moi !.. (*A ses Officiers*) Cherchez partout le duc de Lavarenne, et dites-lui qu'il me trouvera dans la forêt d'Exham. (*Elle disparaît par la droite.*)

SCENE XIX.

STOFFEL, ISAURE, MORIN.

STOFFEL, *paraissant à gauche.*

Malédiction ! je suis arrivé trop tard.

MORIN, *à part.*

Encore l'espion maudit ! ils l'ont laissé s'échapper.

STOFFEL.

Cependant l'occasion était belle !... Dans la forêt d'Exham, a-t-elle dit. Allons vite porter cette nouvelle au duc de Glocester. (*il remonte du côté du pont*)

MORIN, *a parlé bas à Isaure, tous deux viennent surprendre Stoffel par derrière.*

Misérable !... Oui, c'est encore moi !... Viens ça, coquin, couche-toi là... S'il t'échappe un mot, un geste, un regard, je te perce le cœur.

(Ils l'entraînent auprès d'eux. Morin ne le perd pas de vue, et lui tient un poignard sur la poitrine.)

SCENE XX.

Les Précédens, GLOCESTER.

(Glocester traverse le pont; il est précédé et suivi de Soldats Anglais.)

GLOCESTER.

« Point de prisonniers ; que tous les vaincus soient passés au fil de l'épée. Que l'on cherche partout Marguerite, son fils, et le Sénéchal de Normandie. Je promets mille pièces d'or et ma protection à celui qui me les ramènera. (*Stoffel fait un mouvement.*)

MORIN, *bas et le contenant.*

Silence, coquin ! ou j'enfonce.

GLOCESTER.

A-t-on vu Stoffel ? Sait-on ce qu'il est devenu ? Le misérable n'a point exécuté l'ordre que je lui ai donné. Cependant le moyen était infaillible. Il était chargé de faire sauter ce pont au passage de la Reine; Marguerite devait périr, et nous coupions à l'ennemi le chemin de la retraite. Sans doute l'avis qu'il nous a fait parvenir a été utile ; mais je regarderai ma victoire comme incomplète tant que je n'aurai point en mon pouvoir cette femme redoutable. Il était facile de culbuter des milliers de paysans armés à la hâte, et peu faits à la discipline ; mais il nous reste à vaincre Lavarenne et ses intrépides Français. Je ne les ai point aperçus dans la mêlée. Tenons-nous sur nos gardes ; il serait possible que ce calme apparent ne fût que le précurseur d'une tempête.

SCENE XXI.

Les Précédens, LAVARENNE, suivi de quelques Soldats Français.

LAVARENNE, *arrivant par le pont.*

Tu l'as dit, Glocester, la tempête va fondre sur toi. (*Il s'élance sur Glocester et tous deux se battent. Isaure quitte sa place, et veut combattre avec Lavarenne.*)

LAVARENNE.

Non, non, Eugène ; laisse-moi le vaincre tout seul. (*Il s'engage entre la suite de Lavarenne et celle de Glocester un combat très-vif, dans lequel les Français sont vainqueurs.*)

GLOCESTER, *à la cantonnade à droite.*

A moi, Anglais. (*Une ligne d'Anglais s'avance à droite, et repousse les Français qui se trouvent trop inférieurs en nombre.*)

SCENE XXII.

Les Précédens, BELLEPOINTE, et des Soldats Français.

BELLEPOINTE, *sur le pont.*

En avant, Français ; exterminez ces farouches insulaires.
(Les colonnes Françaises débusquent par la gauche, et se forment en
ligne de bataille, en marchant au pas de charge, et la lance en
avant ; protégées par l'artillerie que commande Bellepointe, elles ont
bientôt culbuté les Anglais, qui ne peuvent soutenir ce choc terrible.
Glocester et Lavarenne sortent en se battant. Isaure suit Lavarenne.)

SCENE XXIII.

BELLEPOINTE, STOFFEL, MORIN.

(Après la déroute des Anglais, on voit reparaître Stoffel qui s'est
échappé pendant le combat. Il cherche à s'esquiver ; mais le vigilant
Morin est à sa poursuite.)

MORIN.

Tu as beau faire, sandis ! tu ne m'échapperas pas. (*Stoffel
veut fuir en traversant le pont. Morin crie à tue-tête.*) Bellepointe ! Bellepointe ! arrête l'aveugle ! arrête-le, mon ami.
(Bellepointe, la mèche à la main, s'élance à la rencontre de Stoffel
et le force à rétrograder.)

BELLEPOINTE.

Encore ce coquin ! il faut le mettre à la bouche du canon.

MORIN.

Non pas, sandis ! ce serait un coup perdu ; hé donc, nous
allons en faire une capilotade. Sais-tu le monstre était chargé
de faire sauter ce pont au passage de la Reine.

BELLEPOINTE.

Scélérat ! tu vas périr.

STOFFEL.

Miséricorde ! à moi, Anglais !

BELLEPOINTE.

Te tairas-tu ?

MORIN.

Laisse-le crier.

(On entend le bruit d'une troupe qui s'approche.)

STOFFEL, *d'un air fanfaron.*

Frappez, si vous l'osez. Voilà les Anglais qui s'approchent.

MORIN.

Tant mieux, sandis ! du moins ce plan ingénieux recevra
son exécution : seulement il n'aura fait que changer d'objet.

STOFFEL.

Quoi, tu veux...

MORIN.

Que tu donnes toi-même la mort à tes compatriotes.

STOFFEL, *se retourne à gauche, et fait signe aux Anglais de ne pas avancer.*

N'approchez...

(*Bellepointe lui ferme la bouche et l'entraîne à droite, pendant que Morin va déployer la mèche de la boîte combustible.*)

BELLEPOINTE, *à Stoffel.*

Obéis. Prends cette mèche.

MORIN.

Tiens-le bien ; attends, attends que je m'empare de sa jambe. (*Il vient prendre la jambe gauche de Stoffel, pendant que Bellepointe, qui le menace de la main gauche, le force de l'autre à tenir sa mèche près du conduit.*) Attention, monsieur le canonnier...

(*Une colonne anglaise paraît et traverse le pont. Quand il en est entièrement couvert, Bellepointe dit à Stoffel : Feu !... Celui-ci obéit en tremblant ; la machine fait explosion, et le pont saute avec un fracas épouvantable, entraînant tous ceux qui sont dessus.*)

Stoffel se sauve, Morin et Bellepointe courent à sa poursuite.

Fin du premier Acte.

ACTE II.

Le théâtre représente une épaisse forêt. Dans le fond, une montagne escarpée, du haut de laquelle se précipite un torrent écumeux, que l'on traverse sur un arbre rompu. A gauche, au second plan, un vieux arbre creux. Du même côté, tout près de l'avant-scène, une trape cachée par un buisson épais. Il fait clair de lune.

SCENE PREMIERE.
CROFT, Voleurs, puis CARL.

(Au lever du rideau, on voit des bûcherons assis autour d'un grand feu. Pendant l'introduction, on en voit d'autres arriver de différens points. Tous ont une coignée, quelques-uns portent des fagots, qu'ils posent çà et là. On les voit s'arrêter, se faire des signes d'intelligence, et enfin se réunir à leurs camarades. Tous regardent vers la droite et paraissent inquiets jusqu'à l'arrivée de Carl.)

CROFT, *avec humeur.*

COMMENT! Carl, ordinairement si exact, n'est point encore au rendez-vous?

CARL, *avec un ton brusque.*

Me voici, ne vous impatientez pas. Je suis en retard, j'en conviens; il est bientôt huit heures. J'en suis d'autant plus fâché, que la nuit doit être bonne; mais je voulais être informé du résultat de la bataille. Je suis au comble de mes vœux : le ciel semble avoir pris soin de ma vengeance. L'armée de Marguerite est en pleine déroute. A l'exception du duc de Lavarenne et de ses vaillans compagnons, tout a été dispersé. Les fuyards ne manqueront pas de chercher un asile dans cette forêt, et nous pouvons compter sur une récolte abondante. Allons, que l'on répare le tems perdu.

CROFT.

Nous ne demandons pas mieux.

(Carl tire une clef de sa ceinture, et la donne à Croft, qui écarte les broussailles qui sont à gauche, et ouvre une trape qui couvre un trou, dans lequel sont cachés les habits qui servent à déguiser les faux bûcherons. Tous s'affublent de haillons, s'arment jusqu'aux dents, et se défigurent d'une manière horrible. On referme la trape.)

CARL.

Votre toilette est-elle terminée?

CROFT et les autres.

Tu vois. (*tous se rangent en demi-cercle autour de Carl.*)

CARL, *examinant ces figures hideuses.*

Bien ! bien ! très bien ! Je défierais à vos femmes de vous reconnaître. Vite, en campagne. A propos, où est donc Stoffel ?

CROFT.

Nous ne l'avons pas vu.

CARL.

Il reviendra. Que personne ne s'écarte de ce qui est ordonné par nos statuts. Attaquez pour combattre ; pillez après la victoire, c'est juste. Mais n'assassinez pas.

CROFT.

A moins que...

CARL, *d'un ton menaçant.*

Jamais. (*A Croft.*) Je te confie la clef de la trape, tu m'en rendras bon compte. (*il divise sa troupe par petits pelotons, qu'il dirige de différens côtés, et soit lui-même par la droite.*)

SCÈNE II.

CROFT, Voleurs, puis MORIN.

CROFT, *contrefaisant Carl.*

Jamais ! Quel ton impérieux ! il semble que nous soyons forcés de lui obéir. Que m'importe qu'il ait été jadis officier dans les troupes du Roi ; il n'est plus aujourd'hui qu'un soi-disant charbonnier comme nous. En le reconnaissant pour notre chef, je n'ai pas prétendu me donner un maître, et je ne souffrirai pas qu'il s'arroge des droits... (*On entend chanter, à gauche.*) Paix ! quelqu'un s'approche en chantant ; c'est sans doute un poltron. (*il fait signe à ses camarades de se tenir à l'écart, et se blottit lui-même derrière l'arbre creux.*)

MORIN, *achevant son air d'une voix mal assurée.*

Voilà du feu, qui se présente bien à propos, car je suis tout de glace. Je ne sais pas bien précisément si c'est le froid ou la peur qui produit cet effet ; c'est peut-être bien l'un et l'autre. Quoiqu'il en soit, j'ai beau chanter, je ne puis parvenir à me tranquilliser. Cet espion maudit est cause que je n'ai pu rejoindre la colonne française. Depuis près de deux heures je trotte dans cette immense forêt sans avoir vu âme qui vive. Après tout, au lieu de m'en plaindre, je dois plutôt m'en féliciter ; car dans un pays où chaque voyageur fait, dit-on, d'avance une bourse pour les voleurs, on doit désirer dé né rencontrer personne.

(Pendant ce monologue, il s'est assis auprès du feu, et Croft a fait signe à ses camarades d'approcher, ce qu'ils ont fait avec précaution.)

Heureusement, jé n'ai rien entendu qui puissé m'effrayer. Il mé semble qué jé mourrais dé peur au premier coup de sifflet.

(A l'instant même, tous les voleurs qui l'entourent lâchent un coup de sifflet. Morin regarde ces vilaines figures ; il veut crier, mais son effroi est si grand, qu'il ne laisse échapper que des sons mal articulés. On entend dans l'éloignement un autre coup de sifflet.)

Encore ? Voilà la correspondance établie.

CROFT.

On nous a répondu.

MORIN.

Jolie conversation ! (tous mettent la main sur son havre-sac, qu'il a posé près de lui.) Me voilà ruiné !

CROFT.

Ton argent ?

MORIN.

Jé suis gascon.

CROFT.

Tes bijoux ?

MORIN.

Sont là-dedans. C'est un vrai trésor. (tous se précipitent sur le havre-sac qu'ils ouvrent avec empressement.) Vous y trouverez des bistouris, des rasoirs, des bandelettes, enfin, tout cé qui constitue une pharmacie ambulante. (les voleurs abandonnent leur proie.)

CROFT.

Tu es donc apothicaire ?

MORIN.

Pour vous servir. Dé plus, jé suis barbier, chirurgien, médécin consultant, exerçant.

CROFT.

Et guérissant ?

MORIN.

Comme un autre, quand il plaît au hasard.

CROFT.

Bonne découverte, mes amis ! il n'y a rien là-dedans qui nous convienne ; qu'on respecte ses propriétés et sa vie. (il lui rend son havresac.) Cet homme peut nous être utile, nous en ferons le médecin de la troupe.

MORIN.

Cé m'est infiniment d'honneur. Vous mé voyez ravi d'avoir

fait cette heureuse rencontre. Allez , allez, vous pourez être malade impunément, jé vous aurai bientôt guéri... (A part.) Dé tous les maux.

CROFT.

Viens avec nous. Il faut que tu sois témoin de notre expédition. Peut-être auras-tu quelque chose à faire.

MORIN.

Volontiers. (A part.) Trop heureux d'en être quitte à bon marché. Jé compte bien m'évader à la première occasion.

(Comme ils se disposent à s'éloigner, Stoffel arrive en courant.)

SCENE III.

Les Précédens, STOFFEL.

STOFFEL, entrant tout escouffié.

Me voilà, camarades, me voilà ; grace aux coups de sifflet qui m'ont remis sur la voie.

MORIN, à part.

Fatale rencontre !

CROFT.

D'où diable viens-tu ?

STOFFEL.

De gagner de l'argent. Le duc de Glocester... Je vous conterai cela. L'essentiel dans ce moment est de venir bien vite... (Apercevant Morin.) C'est toi !

MORIN.

C'est lui !

CROFT.

Quoi ! vous vous connaissez ?

STOFFEL.

A mon tour maintenant ! Coquin, tu vas avoir affaire à moi.

MORIN.

Misérable ! oses-tu mé regarder en face, lorsque sans moi on allait té suspendre à un arbre ?

STOFFEL.

Assommez ce traître.

MORIN.

Ingrat ! c'est à toi que cé châtiment est dû. Vous êtes d'honnêtes gens ; jé né puis mieux m'adresser pour trouver des juges équitables...Hé donc il faut qué vous sachiez...

STOFFEL.

Ne l'écoutez pas.

CROFT.

Remettons la cause à un autre moment.

STOFFEL, *à ses camarades.*

Prenez garde de le laisser échapper.

MORIN.

Je suis trop bien ici.

CROFT, *à Stoffel.*

Tu avais, ce me semble, quelque bonne nouvelle à nous
annoncer ?

STOFFEL, *à Croft.*

Une capture magnifique ! La reine Marguerite et son fils
se sont réfugiés dans la forêt ; tous deux sont couverts d'or,
de pierreries...

CROFT.

Excellente aubaine ! Courons.

STOFFEL.

Et des armes ?

CROFT.

Prends-en, voilà la clef.

(Stoffel ouvre la trappe et prend des armes.)

MORIN, *à part.*

L'arsenal est ici, c'est bon à savoir.

CROFT.

Prends aussi ton costume.

STOFFEL.

Je n'ai pas le temps.

MORIN, *à part.*

Il paraît que c'est aussi le cabinet de toilette.

STOFFEL.

Qu'allons-nous faire de ce drôle
*(Isaure paraît à moitié de la montagne, et se retire en entendant les
voleurs.)*

CROFT.

L'emmener avec nous.

STOFFEL.

Il nous gênera. Il vaut mieux le tuer.

MORIN.

Non, non, je ne vous gênerai pas ! Laissez-moi vivre,
que diable ! Vous allez vous battre : on ne sait pas ce qui
peut arriver ; du moins, je suis là pour vous couper bras et
jambes.

STOFFEL.

A la bonne heure. Mais hâtons-nous pour ne pas laisser à
d'autres l'honneur et le profit d'une si belle capture. *(ils sortent précipitamment.)*

SCENE IV.

ISAURE, *descendant avec précaution,*

A travers ces voix confuses, j'ai cru distinguer celle de Morin. Comment se trouve-t-il ici ? Quels sont ces hommes avec lesquels il s'éloigne ? Leur langage et leurs manières ne m'ont pas semblé de nature à faire désirer leur rencontre. Si j'avais pu parler à Morin, il m'aurait dit peut-être si mon époux a rejoint la Reine. A l'entrée de la forêt, le Duc a divisé sa troupe en petits détachemens, et m'a contraint à le quitter pour chercher Marguerite. L'obscurité m'a séparée de ma suite, et me voilà seule, égarée dans cette immense forêt, sans savoir de quel côté je dois porter mes pas. (*douloureusement.*) O Marguerite ! Marguerite !

(Elle s'avance vers la gauche, mais elle est bientôt arrêtée par plusieurs voleurs qui se présentent brusquement à elle et la menacent.)

SCENE V.

ISAURE, Voleurs, puis MORIN.

ISAURE.

Grâce, grâce, messieurs.

MORIN, *revenant sur ses pas.*

Encore un contretems? C'était bien la peine de m'échapper.

ISAURE, *aux voleurs qui la poursuivent.*

Je vous proteste que je ne possède rien.

MORIN, *à part.*

Hé ! c'est madame Isaure. (*haut et s'élançant entre Isaure et les voleurs.*) Lé pétit a dit vrai, mes amis, jé lé connais ; cé n'est pas vous qué jé voudrais tromper. Jé suis des vôtres, maintenant ; jé viens, dé la part des camarades, chercher des armes dans lé magasin ; et jé m'en félicite, sandis! puisqué jé suis arrivé à tems pour vous empêcher dé commettre uné méchante action, en tuant cé malheureux jeune homme qui n'est pas plus riche qué moi... Qué moi, ai-je dit ? Hé ! sandis ! jé possède un trésor dont jé veux vous rendre maîtres... Un véritable trésor qu'on voudrait vous ravir... Mais moi, jé né connais qué la droiture... Approchez tous. Vous connaissez Stoffel ? Eh bien ! il est allé dé cé côté, à la rencontre dé la reine Marguerite et dé son fils, (*il leur montre lé côté opposé à celui par où est sorti Stoffel.*) dans l'intention dé la dépouiller. C'est une riche proie ; il est juste qué chacun en ait sa part. C'est un adroit fripon que cé Stoffel ; il voudrait tout pour lui seul ; mais moi, jé porte un cœur loyal, et jé né souffrirai pas qu'il vous trompe. Allez bien vite dé ce côté ; il n'y a pas vingt minutes qu'il est parti. (*Les voleurs sortent vivement par la gauche.*) Ouf ! nous en voilà quittes ! l'expédient n'est pas mauvais.

ISAURE.

Que de grâces, mon cher Morin !... Sans vous...

MORIN.

Fuyons, madame. Ces coquins mé donnent furieusement dé tablature!... Dieu veuille que... (*comme ils vont pour sortir d droite, on entend plusieurs sons de cor.*) On vient !... Allons, nous n'en sortirons pas. (*On voit des voleurs traverser le fond et parcourir la montagne. Morin ramène Isaure au-devant de la scène.*) Dérobons-nous à leur vue. (*à voix basse.*) Eh mais ! ils ont là un magasin d'armes et d'habillemens. (*il écarte les broussailles.*) Dans son empressement, Stoffel a oublié la clef ! Cé trou mé semble peu profond ; descendez-y, madame, pendant qué jé serai sentinelle.

(*Quelques voleurs s'approchent. Isaure et Morin se baissent pour les laisser passer. Isaure ouvre la trape et prend des armes. Morin veille. L'apparition soudaine de quelques voleurs les empêche, pendant quelques instans, de se réunir ; mais enfin Isaure parvient à rejoindre Morin au milieu du théâtre, et tous deux se glissent à travers les arbres, à gauche, sans être vus des voleurs qui arrivent successivement au bas de la montagne et se groupent des deux côtés.*)

SCENE VI.

STOFFEL, CROFT, Voleurs.

STOFFEL, à ses camarades.

L'avez-vous vue ?

CROFT.

Je viens de l'apercevoir tout-à-l'heure en haut de la montagne, et j'ai fait, à ce sujet, une réflexion que je veux vous communiquer. (*il rassemble ses camarades, et les amène au-devant de la scène.*) La fortune qui nous sourit, semble avoir exprès dirigé Carl d'un autre côté, pour que rien ne s'oppose à l'exécution de mon projet. La route que suit Marguerite doit infailliblement la conduire ici. (*il montre l'arbre jeté sur le torrent.*) Pendant que le gros de la troupe veillera au bas de la montagne, quatre des nôtres graviront jusqu'au sommet, envelopperont la Reine et son fils, et les précipiteront dans le torrent, après les avoir dépouillés, pour y ensevelir jusqu'à la moindre trace de notre crime, et n'être point obligés de partager avec notre chef cette immense capture.

TOUS.

Bien, camarade. (*ils remontent au bord du torrent.*)

SCENE VII.

Les Précédens, MARGUERITE, EDOUARD.

(On voit Marguerite tenant son fils sous le bras gauche.)

STOFFEL, *bas.*

La voilà ! ...

TOUS LES VOLEURS *répètent l'un après l'autre et avec un joie féroce.*

La voilà !

CROFT.

Elle ne peut nous échapper.

MARGUERITE.

(*Elle s'arrête au bord du torrent, en témoignant de l'effroi.*)

Quel affreux précipice !... O ciel ! Est-ce ici que nous devons trouver la mort ?

TOUS, *d'une voix sombre.*

Oui.

MARGUERITE.

Ah ! je succombe ! (*Ses genoux s'affaiblissent. Elle pose son fils près d'elle ; il paraît inanimé.*) Edouard ! Edouard ! ce cher enfant est épuisé de fatigue et de besoin.

EDOUARD.

Ne vous affligez pas , je marcherai bien seul.

MARGUERITE, *à genoux.*

Mon dieu ! ce ne sont plus des armées , des victoires , ce n'est plus un trône que je te demande pour lui !... Fais seulement que sur une terre où régnèrent ses aïeux , et où il devrait commander en maître , il lui reste une caverne pour dérober sa tête au fer des assassins ! Grand dieu ! soutiens encore mes forces , et couvre-nous de ton ombre.

(Elle reprend son fils dans ses bras et traverse le torrent sur l'arbre qui sert de pont. Quand elle est à moitié chemin, elle entend du bruit à droite, tourne la tête et voit deux des voleurs qui ont gravi le roc pendant l'invocation, et qui s'avancent vers elle l'arme haute. Elle veut doubler sa marche pour leur échapper ; mais elle fait un faux pas et tombe à la renverse en jetant un cri perçant. Un des bandits lui arrache sa couronne qu'il montre à ses camarades d'un air triomphant. Les deux autres qui entrent par la gauche, se jettent sur le prince et l'entraînent. Marguerite se relève et les poursuit en criant :)

Mon fils ! mon fils !

(On les perd de vue dans le bois qui couvre la montagne.)

STOFFEL.

Le moment est favorable... Courons. (*A Croft.*) Toi, grimpe là-haut pour lui fermer le passage.

Marguerite d'Anjou.   F

MARGUERITE, *en dehors.*

A l'aide ! au secours !

MORIN, *de même.*

Scélérat maudit ! tu oses menacer ta Reine !

(On entend un cliquetis d'armes. Croft redescend la montagne pour secourir Stoffel.)

SCENE VIII.

CROFT, Voleurs, MARGUERITE, EDOUARD, CARL.

(Marguerite et Edouard accourent éperdus. Ils sont poursuivis de près par les brigands qui les menacent et leur présentent partout la mort. Il fait jour.)

CARL, *entre rapidement par la droite , en tenant son sabre à deux mains.*

Mille morts ! que se passe-t-il ici ?

MARGUERITE, *soulève Edouard, court à la rencontre de Carl, et lui dit avec un ton ferme et majestueux.*)

Mon ami ! mon ami ! sauve le fils de ton Roi !

(Carl reste un moment immobile et interdit. Il laisse tomber son sabre. Tableau.)

CROFT.

Frappons ! (*tous les voleurs font un mouvement en avant.*)

CARL, *d'une voix terrible, tandis que de son arme qu'il a ramassée , il couvre la Reine et son fils.*

En arrière !... En arrière, vous dis-je !

(Les voleurs obéissent à regret.)

CROFT.

Pourquoi donc l'épargner ? Ce Français que nous avions pris , vient de tuer Stoffel.

CARL.

Il a bien fait ! (*Mouvement séditieux des voleurs.*) Par l'enfer ! Le premier qui s'avance est mort !... Et vous savez si je tiens parole. C'est à moi seul de prononcer sur son sort.

MARGUERITE.

O ciel !

CARL.

Marguerite , tu vois en moi ce Carl dont ton époux signa l'arrêt de mort ; cet officier Ecossais dont la franchise déplut au ministre Suffolck, qui confisqua mes biens, et me fit condamner à perdre la tête.

MARGUERITE.

Nous sommes perdus !

CARL.

Cet acte d'iniquité m'inspira la haine la plus violente contre ton gouvernement, et me fit embrasser le vil métier que j'exerce. Certes, à ce titre, je dois te haïr et me venger. Mais ta situation éteint mon ressentiment; j'oublie tout en te voyant malheureuse; je tombe à tes pieds. Dispose de moi et de ceux qui m'accompagnent. Tu ne peux sans un miracle échapper aux innombrables dangers qui t'environnent; mais nous tenterons ce prodige. Te sauver ou mourir, voilà la seule vengeance que j'ambitionne, et qui soit digne de moi.

(Il tombe aux pieds de Marguerite.)

MARGUERITE.

O mon sauveur !... Je ne regrette en ce moment de toute ma fortune que le moyen de te récompenser; mais le peu qui me restait, m'a été enlevé par ces hommes avides.

CARL.

Est-il vrai ? Désignez le misérable qui a enfreint mes ordres, et je fais rouler sa tête à vos pieds. *(aux voleurs.)* Restituez sur-le-champ. Restituez, vous dis-je...

(Plusieurs voleurs intimidés fouillent tristement dans leur ceinture.)

MARGUERITE.

Non, Carl; je leur abandonne ces tristes débris de ma grandeur. Puissent-ils à ce prix protéger ma fuite et celle de mon cher Edouard.

CARL, *aux voleurs.*

Rendez grace à la clémence de Marguerite, et prosternez-vous devant elle, pour la supplier de vous accorder l'honorable faveur de la défendre.

(Tous les voleurs tombent aux pieds de la Reine.)

MARGUERITE, *à part, pendant que les voleurs se répandent dans la forêt pour veiller à sa sûreté.*

Quel excès d'abaissement ! Marguerite, épouse et fille de Roi, était naguères brillante de gloire et de majesté; voyez-là maintenant vaincue, proscrite, au milieu d'un désert, errant de rocher en rocher, portant dans son cœur la douloureuse image d'un époux massacré, dont elle ne peut venger la mort, et réduite, pour conserver les jours de son fils, à implorer l'assistance d'une troupe de brigands !

SCENE IX.

CROFT, CARL, MORIN, MARGUERITE, EDOUARD, ISAURE.

MORIN, *à part, à Isaure.*

Je crois que nous pouvons nous montrer maintenant, la paix est faite. *(Haut avec un air triomphant.)* Oui, saudis ! ce fer a puni le traître !... Il est occis !

MARGUÉRITE.

Brave Morin !

MORIN.

Madame, certainement...(*A part.*) Qui m'aurait dit qu'un jour je serais nommé brave par une Reine ? On a bien raison de dire qu'il ne faut jurer de rien. Ce sont les circonstances qui font les héros.

EDOUARD, *à Isaure.*

Ah ! te voilà, Eugène ! combien nous avons souffert depuis que tu nous as quittés !

ISAURE.

Mon prince ; dans la mêlée, j'ai rencontré M. le Sénéchal, et j'ai été assez heureux pour combattre à ses côtés.

MARGUÉRITE.

Tu me fais frémir !... Cher Lavarenne ! Si le fer ennemi...

ISAURE.

Non, madame, il a respecté son courage.

MARGUÉRITE, *se retournant vers les voleurs que Carl rassemble d'un geste.*

De grace ! parcourez la forêt... Faites ensorte de le rejoindre, cet intrépide défenseur ; vous le reconnaîtrez à sa bravoure, à l'air de noblesse répandu sur toute sa personne. Dites-lui que je l'attends...

CARL, *à Isaure et à Morin.*

Dans la chaumière de Carl, du chef des bûcherons, au milieu de la forêt. (*A Marguérite.*) Pardonnez-moi, madame, de vous introduire dans un lieu si peu digne de vous ; mais ce n'est que chez moi que vous pourrez trouver un asile, si les nombreux détachemens qui sont à votre poursuite, nous permettent d'y arriver. Allez tous, et faites diligence.

(*Tous sortent par différens côtés.*)

MARGUÉRITE, *pressant son fils contre son sein.*

Que ne souffrirai-je pas pour sauver mon cher fils !

ISAURE, *à Marguérite, pendant que Carl donne des ordres à ses gens.*

M. le Duc m'a chargé de remettre à votre Altesse cet écrit.

MARGUÉRITE.

Que peut-il contenir ?

ISAURE.

Votre Grace s'en instruira bientôt. Je vole où vos ordres m'envoyent. Croyez bien que mon cœur est d'accord avec mon devoir, et que je ne désire pas moins que vous que nos recherches soient heureuses. (*Elle sort par la gauche et Morin par la droite.*)

SCENE X.

MARGUERITE, EDOUARD, CARL.

MARGUERITE, *parcourt rapidement la lettre du Sénéchal.*

Il est marié !... Je le connais donc ce secret qu'il n'osait m'avouer, et qui combattait dans son cœur avec le devoir ! Pourquoi ai-je voulu le découvrir ? J'ignorerais encore un sentiment que je ne veux, que je ne dois point partager.

CARL, *revenant près de Marguerite.*

Venez, madame, suivez-moi. Je connais des sentiers peu fréquentés que l'on a pratiqués dans la partie la plus épaisse de la forêt. C'est par là que je prétends vous conduire et vous dérober, s'il se peut, aux regards de vos nombreux ennemis.

MARGUERITE.

Allons, puisqu'il le faut. Viens, mon fils.

(Ils sont prêts à s'enfoncer dans la forêt à droite.)

SCENE XI.

Les Précédens, MORIN.

MORIN, *les arrêtant.*

N'allez pas de ce côté ; je viens de voir à travers les arbres une grosse patrouille qui s'approche. Ce sont des Anglais ; j'ai reconnu distinctement leurs voix. Ils cherchent la Reine et le jeune prince. (*A part.*) Je crois que nous aurons bien du mal à sortir d'ici. Pauvre Morin ! qu'es-tu venu faire dans ce pays ?

CARL.

Gravissons la montagne. En traversant le torrent...(*on voit Croft passer sur l'arbre en courant.*) Je vois accourir un des nôtres. C'est Croft... Que vient-il nous apprendre ?

SCENE XII.

CROFT, CARL, MARGUERITE, EDOUARD, MORIN.

CROFT, *accourant à toutes jambes.*

Vite, vite ! voici nos femmes. Je vais appeler nos camarades. (*il sonne du cor ; tous les voleurs se réunissent.*) Quittons ces habits.

MARGUERITE.

Pourquoi cet effroi ?

CARL.

C'est l'heure à laquelle leurs femmes viennent chaque jour

à la cascade pour leur apporter les provisions de la journée. Notre sûreté exige qu'elles ne soient point initiées dans le secret de notre conduite. Elles nous croient de malheureux bûcherons, et nous mettons tous nos soins à les entretenir dans cette erreur.

(Pendant ce couplet, Croft et ses compagnons ont ôté leurs vêtemens de voleurs qu'ils ont jetés dans le trou de la trape dans le tronc d'arbre ainsi que leurs armes. Ils paraissent en bûcherons comme au commencement de l'acte.)

MORIN, *d'part.*

Sandis ! voilà des maris bien dociles !... Commé jé rirais si jé n'avais pas peur. (*A Croft.*) N'auriez-vous pas un habit dé trop ?

(Croft lui donne un habit de bûcheron avec lequel il se travestit.)

SCENE XIII.

Les Précédens , Paysannes Ecossaises.

(Les bûcherons prétendus vont au-devant de leurs femmes qui paraissent par la droite, elles portent des paniers remplis de provisions)

CROFT.

Soyez les bienvenues.

(Il embrasse sa femme , tous en font autant.).

CARL, *à la Reine.*

Laissons-les , madame , et tâchons de nous échapper de ce côté. (*il indique la gauche.*) Le circuit sera long; mais n'importe.

GLOCESTER, *en-dehors à gauche.*

Alte-là.

MARGUERITE, CARL et MORIN.

Paix ! (*Tout le monde écoute.*)

GLOCESTER, *de même.*

Qui es-tu ?

ISAURE, *en-dehors, d'une voix ferme.*

Français.

EDOUARD.

C'est Eugène !

MARGUERITE.

Ecoutons.

GLOCESTER, *de même.*

As-tu vu Marguerite ?

ISAURE.

Oui.

GLOCESTER.

Où est-elle ?

ISAURE.

C'est mon secret.

GLOCESTER.

Conduis-nous vers elle.

ISAURE.

Plutôt mourir. (*Elevant très-haut la voix.*) Fuyez, Marguerite.

GLOCESTER.

Tu ne nous échapperas pas.

MARGUERITE.

Brave jeune homme !

CARL.

Vous êtes perdue !... Le danger est le même de tous côtés.

CROFT.

Eh bien ! combattons.

CARL.

Oui, morbleu, combattons !

MARGUERITE.

La résistance est vaine ; laissez-moi subir mon sort. Je vais au-devant...

CARL.

Y pensez-vous ?... Là, au milieu de ce groupe. (*A Edouard.*) Vous, mon prince, dans le creux de cet arbre.

EDOUARD, *résistant.*

Me cacher ? On croira que j'ai peur.

MARGUERITE.

Il le faut, mon fils.

CARL, *à ses gens et à leurs femmes.*

Ayez les yeux sur moi. Obéissez à tous mes mouvemens....
Que de gloire si nous sauvons la Reine !

(*Edouard se blottit dans le tronc d'arbre. Marguerite est cachée par les femmes.*)

SCENE XIV.

Les Précédens , ISAURE , puis GLOCESTER et des
Soldats Anglais.

ISAURE, *à Carl.*

Je suis poursuivi ! Où est la Reine ?

CARL.

En sûreté. (*lui serrant la main.*) Bien , mon ami !... Tu t'es conduit en brave. Vite là. (*il lui montre le buisson.*)

(*Isaure court se cacher dans le trou de la trape qu'elle referme sur* elle. Au moment où Glocester entre, Carl et tous ses gens le saluent et paraissent aller au-devant de lui en dansant.)

GLOCESTER, *d'un ton dur.*

Que faites-vous ici ?

CARL.

Nous sommes les bûcherons de cette forêt. Nous allions au-devant de Monseigneur pour le féliciter.

GLOCESTER.

Vous avez dû voir à l'instant un jeune Français que nous poursuivons.

CARL.

Il a sans doute évité notre rencontre, et il a bien fait.

GLOCESTER.

Et la belle fugitive ?

CARL.

Qui ? Marguerite ?... Un de mes gens a cru l'apercevoir là-bas... du côté de l'ouest.

GLOCESTER.

Puisses-tu dire vrai ! Elle ne peut manquer d'être prise. Cependant le cri de ce jeune téméraire semblerait indiquer qu'elle n'est pas loin d'ici. Ah ! Glocester, quel beau jour pour toi !... (*A ses soldats.*) Battez les environs. Je vais me reposer une heure en ce lieu... Vous viendrez m'y rejoindre. (Il est arrivé des détachemens de tous côtés, quelques-uns s'éloignent pour continuer leurs recherches. Pendant que Glocester a le dos tourné pour parler à sa troupe, Carl conduit le groupe de bûcherons et de femmes vers l'arbre ; il voudrait cacher Edouard aux regards de Glocester, et le réunir à sa mère pour les faire esquiver ensemble. Mais les soldats qui font partie de la halte viennent poser leurs lances autour de ce tronc d'arbre, qui leur sert de point d'appui, ensorte qu'il en est totalement environné. Par ce moyen le jeune prince est caché, mais il ne peut sortir et sa mère ne peut s'éloigner.)

CARL, *à part.*

Surcroît d'embarras !... Le voilà pris, nous ne pouvons nous éloigner. (*haut*) Monseigneur, permettez à de malheureux montagnards d'offrir à vos soldats les provisions que voici.

GLOCESTER.

Volontiers.

CARL.

Allons, enfans, saluez Monseigneur, et tâchez de le distraire ainsi que ses dignes compagnons.
(Il forme son monde en ligne et en groupes, au milieu desquels Marguerite se trouve toujours adroitement cachée. Il lui fait faire

ainsi le tour du théâtre et la conduit près de la trape. Glocester est assis à droite.)

GLOCESTER.

Il est juste que je témoigne ma satisfaction à ces braves gens. Il se lève et vient passer en revue chaque personne. Marguerite, qui se trouve à l'extrémité entre deux lignes, ne peut manquer d'être vue. La présence d'esprit de Carl la tire de ce danger. Les bûcherons tiennent à la main de petites branches de feuillage qu'ils élèvent de manière à former un épais rideau, derrière lequel Marguerite passe rapidement pour se glisser au bord du torrent, puis auprès de l'arbre creux.)

CARL.

Passes, Monseigneur.

(Il fait passer Glocester entr cette haie qu'il croite avoir été disposée pour lui. Pour détourner l'attention de Glocester et de ses soldats, Carl fait exécuter par ses gens différentes danses montagnardes, dont les groupes et les attitudes doivent être dessinés de manière à cacher toujours Marguerite, sans la dérober aux regards du public.)

SCENE XV.

Les Précédens , UN SOLDAT Anglais.

LE SOLDAT.

Milord ! Milord !... envoyez-nous du secours. Tout près d'ici, un français seul, contre douze des nôtres, combat en désespéré.

GLOCESTER.

Malédiction !... courez tous ; il faudra bien qu'il cède au nombre.

(Les bûcherons et leurs femmes occupent dans ce moment la droite et le fond. Les soldats anglais courent prendre les lances qu'ils ont appuyées contre le tronc d'arbre , et laissent à découvert Edouard, qui s'est affublé d'un des vêtemens que les voleurs ont jetés dans le creux de l'arbre avant le ballet. La précipitation empêche les soldats de voir Edouard , et ils sortent tumultueusément par là gauche.)

CARL, à part.

Oh ! bonheur ! ils ne l'ont pas vu !... (Glocester s'avance vers le tronc d'arbre.) Je tremble !.... (Quand il aperçoit le travestissement du Prince , il dit à part.) Excellente idée. (il a l'air de chercher.) Mais où est donc mon petit James ? (Aux paysans.) L'avez-vous vu, vous autres ?... oh ! si je l'attrappe... (il va à l'arbre, et prenant Edouard par le bras, il le tire rudement et fait semblant de le maltraiter) Voyez un peu ce petit drôle qui se fait chercher !... a-t-on jamais eu semblable idée ?... aller se cacher derrière des

Marguerite d'Anjou.   G

lances !... Que cela t'arrive encore... et tu auras affaire à
moi. Quest-ce que c'est donc que cela !. . . Eh bien ? tu re-
gardes derrière, je crois ?... veux-tu bien t'en aller vite
à la maison ?... Excusez, Milord, si j'ai pris la liberté de
corriger notre fils devant vous... mais il n'en fait pas d'autres... Là, je vous demande un peu !... (*bas au Duc.*)
C'est si jeune !... c'est bien pardonnable... on est bien forcé
de faire le méchant... Nous vous saluons, Milord.

GLOCESTER.

Au revoir.

(Il remonte pour aller à la rencontre de ses soldats. Carl profite de ce
moment, il fait passer tout son monde à gauche, appelle la Reine,
la réunit à son fils, et se jette aux genoux d'Edouard.)

CARL.

Pardon, mon Prince... et vous, madame, de la liberté...
(Marguerite et son fils se glissent vivement de gauche à droite devant
une longue ligne oblique formée par les bûcherons et leurs femmes.
Tout le monde s'éloigne en dansant. Isaure veut sortir de la trappe,
mais Glocester qui rentre l'en empêche.)

SOLDATS, *en-dehors.*

Le voici ! le voici ! (*ils entraînent Lavarenne désarmé.*)

SCENE XVI.

ISAURE, *cachée,* LE SÉNÉCHAL, GLOCESTER, Anglais.

GLOCESTER, *avec une voix féroce.*

Ah ! ah ! c'est le duc de Lavarenne.

ISAURE, *à part.*

Mon époux, ô ciel !

GLOCESTER.

Le voilà donc en notre pouvoir, ce valeureux chevalier ?

LE SÉNÉCHAL.

Lâche ! Après m'avoir fait accabler sous le nombre
de tes satellites, il ne te manque plus pour couronner cette
honorable victoire que d'insulter à un ennemi sans défense.
Quoique tu sois indigne de mourir de la main d'un français,
fais moi rendre mon épée, et du premier coup je renverrai
ton âme aux enfers.

GLOCESTER.

Je te permets la menace et l'insulte, tu ne jouiras pas long-
tems de cette consolation. Mes yeux vont se repaître avec dé-
lices du spectacle de ta mort. Je veux que ton corps serve de
dégré à ta Reine pour monter à l'échafaud que je lui prépare.

LE SÉNÉCHAL.

Prends garde qu'il ne serve pour toi. Il te reste à vaincre

quinze cents français, qui tous ont juré, comme moi, de
mourir pour venger Marguerite, et je viens de le prouver
qu'il font payer cher les victoires qu'on remporte sur eux..

GLOCESTER, *à ses soldats.*

Qu'on l'enchaîne ; que l'on dresse un bûcher au pied de
cet arbre, et qu'il devienne la proie des flammes.

LE SÉNÉCHAL.

Vil bourreau de ton Roi !... après un tel forfait on ne doit
plus s'arrêter dans le chemin du crime. Mais le jour des ven-
geances approche, tout le sang que tu auras versé retombera
goutte à goutte sur ta tête coupable.

GLOCESTER.

Exécutez mes ordres.

(On enchaîne Lavarenne, on lui lie les mains derrière le dos, et on
le force à s'asseoir sur une pierre, à gauche, le dos tourné au
buisson. Les soldats se répandent dans la forêt, ramassent les fagots
que les bûcherons ont apportés, et les placent autour de l'arbre
creux. On entend de tous côtés des coups de hache. Glocester va
de droite à gauche, et semble presser ses gens. Isaure lève douce-
ment la trappe et délie les mains de son époux qui se retourne.)

LE SÉNÉCHAL, *à part.*

Eugène !

(Isaure lui fait signe de se taire. Les soldats reviennent, le Sénéchal
reprend sa position ; quand ils sont éloignés, il détache les liens
de ses jambes, et prenant bien son tems, se glisse dans le trou, dont
Isaure referme la trappe, après avoir rapproché les broussailles.)

GLOCESTER.

Eh bien ! où donc est-il ? malédiction ! vous l'avez laissé
fuir ! malheur aux traîtres qui l'ont sauvé ! Il n'a pas eu le
tems de s'éloigner... cherchez... qu'on le ramène mort ou vif.

(Tous les anglais sont accourus aux cris de Glocester, ils sortent en
désordre pour aller à la poursuite du Sénéchal. Isaure et Lavarenne ouvrent la trappe, et en sortent avec précaution. Le Sénéchal embrasse Isaure qui paraît au comble de la joie.)

ISAURE.

Evitons les sentiers.

(Ils gravissent la montagne du fond en côtoyant le torrent. Quand ils
sont prêts d'atteindre la hauteur, on voit un détachement des
troupes de Glocester, qui s'avance et traverse le torrent sur l'arbre.
Isaure et Lavarenne n'ont que le tems de se blottir sous ce même
arbre pendant le passage des soldats. Quand le péril est passé, les
fugitifs quittent leur position gênante, parviennent au sommet
de la montagne et s'éloignent en suivant la route opposée à cel
de leurs ennemis.)

Fin du second Acte.

ACTE III.

Le théâtre représente l'intérieur d'une chaumière. Dans le fond un hangard fermé par des palissades, au dessus desquelles on découvre la forêt. La porte d'entrée est à droite. A gauche celle d'un mauvais réduit. Deux siéges et une table.

SCENE PREMIERE.

MARGUERITE, ÉDOUARD, CARL, MORIN.

CARL.

ENTREZ, madame, vous voilà chez moi. (*Le premier mouvement de Marguerite est de tomber à genoux et d'embrasser son fils avec la plus vive tendresse et à plusieurs reprises.*) Vous pouvez être tranquille. Qui soupçonnerait jamais que ce misérable réduit servit de retraite à la Reine d'Angleterre?

MARGUERITE.

Le desir de soustraire mon fils à une mort, qui semblait inévitable, a soutenu mon courage et mes forces. Mais à présent que je puis envisager de sang froid l'énormité du péril qui nous menaçait, tout mon cœur en frémit. La main de la providence a pu seule nous guider dans cette nuit désastreuse. Sans vous, généreux Carl...

CARL.

Que dites-vous, madame? C'est moi qui vous dois une éternelle reconnaissance. Vous avez daigné me fournir l'occasion de réparer mes torts envers la société, et si je viens à bout de mon dessein, vous aurez répandu quelque lustre sur une carrière jusqu'alors obscure et semée d'erreurs.

MARGUERITE.

Vous aussi, Morin, vous m'avez rendu un service signalé.

MORIN.

Hé donc! grande Reine, ce n'est pas la première fois que je dépêche les humains vers l'autre monde. C'est là le fort de la profession que j'exerce. Mais du moins je puis vous jurer que jamais cela ne m'a fait autant de plaisir que dans cette circonstance. J'avais de puissans griefs contre ce misérable Stoffel. Mais, chut! il est défunt, il ne faut jamais parler mal des absens.

CARL.

Reposez-vous, madame, vous devez en avoir grand besoin... Et vous aussi, mon Prince. Viens avec moi, Morin, viens m'aider à rassembler le peu de provisions que je possède , pour en composer une petite collation.

MORIN.

Jé vous suis, sandis ! jamais on né m'a vu réculer au feu... (*A part.*) dé la cuisine. (*ils sortent.*)

SCENE II.

MARGUERITE, EDOUARD.

MARGUERITE.

Tu parais accablé, mon fils ; désires-tu quelque chose ?

EDOUARD.

Je remercie votre Grace.

MARGUERITE.

Cependant tu souffres , je le vois.

EDOUARD.

Oui. J'ai dû par obéissance céder aux ordres de ma mère; mais le fils de Marguerite et de Henry , ne devait jamais se cacher ni fuir.

MARGUERITE, *l'embrassant.*

Combien j'aime à te voir ces nobles sentimens !

EDOUARD.

Ne sont-ce pas ceux que vous m'avez inspirés ?

MARGUERITE.

Ton âge ne te permet pas de savoir que la prudence doit s'allier au vrai courage, et qu'elle en est la compagne inséparable. Songe donc , mon Edouard , qu'avec toi s'évanouit l'espoir de l'Angleterre. Tant que tu vivras, ton père ne meurt pas tout entier.

EDOUARD.

Je ne me cacherai plus d'abord , c'est bien décidé.

MARGUERITE.

Mon cher fils , ne me prive pas du bonheur de te presser dans mes bras. Ta mère infortunée peut tout supporter , tout excepté ce dernier coup auquel elle ne survivrait pas.

SCENE III.

CARL , MORIN, MARGUERITE, ÉDOUARD.

(Tout deux apportent du lait , du fromage, des fruits , enfin tout ce qu'il faut pour un petit repas.)

CARL.

Je fais tous mes efforts , madame , pour vous traiter de

mon mieux, mais ce mieux-là est bien peu de chose. C'est aujourd'hui pour la première fois que je regrette d'avoir perdu ma fortune.

MARGUERITE.

L'intention suffit pour mériter toute ma gratitude.

MORIN.

Des œufs frais tout chauds, des fruits délicieux et du laitage parfait, j'ose vous en répondre. (*A part.*) En qualité de maître-d'hôtel, j'ai goûté chaque mets d'avance.

CARL.

Tout est prêt, quand vous voudrez, madame....

MARGUERITE.

Mettez vous à table, mon fils.

ÉDOUARD.

Volontiers ; j'ai un appétit dévorant.

(Marguerite et Edouard se mettent à table; Carl et Morin les servent.)

MORIN.

Si sa Grace le permet, je serai son échanson, et toi, Carl, son écuyer tranchant.

CARL.

Le jour où je pourrais servir ma souveraine, serait le plus beau de ma vie ; mais je suis indigne d'un tel honneur.

MARGUERITE.

(*Avec bonté.*) Approchez. Ah ! Carl, vous ne m'avez obligée qu'à demi. Il vous reste encore à m'apprendre quel est le sort du Sénéchal de Normandie. Je ne l'ai point revu depuis la bataille. J'ignore ce qu'il est devenu ; et je tremble que cet intrépide chevalier n'ait été victime de son généreux dévouement.

CARL.

Je suis prêt à courir sur ses traces, madame ; mais qui veillera sur vous pendant mon absence ?

MORIN.

Comment le trouveras-tu ? Tu ne le connais pas. Hé donc ! si madame veut me confier cet honorable message, je me charge de rejoindre M. le Duc, ainsi que sa jeune épouse. Cette pauvre madame Isaure (doit être) dans des angoisses mortelles.

MARGUERITE.

Que dis-tu, Morin ?

MORIN, *à part.*

Haï ! haï ! Le sage dit : Tourne sept fois ta langue..... Hé donc ! j'en ai trop dit ; mais le mot est lâché.

MARGUERITE.

De qui parles-tu ?

MORIN.

Dé madame la Sénéchale, qué j'ai eu l'honneur d'accompagner dépuis la France jusqu'à l'armée, et qui, sous lé nom d'Eugène...

MARGUERITE.

D'Eugène !... Femme généreuse ! Elle a bravé la mort pour me sauver dans la forêt ! Mais, dis-moi, Morin, quel motif a pu la conduire ?

(On frappe à la porte de la chaumière, tout le monde écoute.)

CARL.

Paix ! (On frappe encore plus fort.) Qui frappe ?

CROFT, en-dehors.

C'est moi.

CARL.

C'est Croft. Es-tu seul ?

CROFT, de même.

Oui, ouvrez vite.

SCENE IV.

Les Précédens, CROFT.

CARL, à Croft, qui entre avec beaucoup d'empressement.

Que viens-tu nous apprendre ?

CROFT.

Le duc de Glocester est à vingt pas d'ici, avec un détachement considérable.

CARL.

La fuite est impossible. Entrez dans ce réduit, madame. Toi, Morin, franchis cette palissade ; à la faveur de cet habit, on te laissera passer ; tu diras que tu es à mon service. Fais diligence : puisses-tu nous amener du secours !

MORIN.

Vous allez voir, sandis ! dé quoi jé suis capable.

ÉDOUARD.

Moi, je reste.

MARGUERITE.

Edouard, mon fils ! Veux-tu donc faire mourir ta mère ?

EDOUARD.

Oh ! non, non, jamais. (Il court embrasser sa mère, et entre avec elle dans un réduit à gauche. Morin franchit la palissade du fond.

SCENE V.

CROFT, CARL, puis GLOCESTER,
suivi de plusieurs Officiers.

CARL.

Ouvrons maintenant pour ne pas inspirer de défiance. (*il ouvre la porte de la chaumière.*) (*A Croft.*) Ote vite un couvert, un siége... dispose tout comme si nous attendions le Duc. (*il regarde en-dehors.*) Le voici.

(*Ils arrangent la table et feignent beaucoup d'empressement. Glocester entre sans bruit, s'arrête sur le seuil de la porte et les écoute.*)

CROFT, *bas à Carl.*

Il nous écoute.

CARL, *sans regarder Glocester.*

Hâte toi donc, que j'aille bien vite au-devant de notre brave duc de Glocester pour l'inviter à se reposer dans ma chaumière. Si j'avais pu prévoir que le héros de l'Angleterre...(*A part.*) Brigand ! (*haut.*) me fît un tel honneur, j'aurais tâché de le recevoir convenablement. (*A part.*) Que n'est-il à cent pieds sous terre ! (*haut.*) Vite, vite ! va chercher nos plus beaux fruits et ce petit flacon de rhum qui est là-bas, derrière les fagots ; tu placeras tout cela sur la table. Moi, je cours à sa rencontre. (*il se retourne et feint beaucoup d'étonnement en se trouvant face à face avec le Duc.*) Mille pardons, Milord, je ne croyais pas que votre Altesse...

GLOCESTER.

Bien, mon ami, je suis content de toi, et je saurai reconnaître ton zèle.

CARL.

Assurément, Milord, l'honneur que je reçois mérite bien que je fasse tous mes efforts pour y répondre.

GLOCESTER.

Si je ne me trompe, c'est toi que j'ai rencontré ce matin dans la forêt ?

CARL.

Votre Altesse ne se trompe pas ; c'est moi-même qui ai été assez heureux pour la saluer à la tête de mes camarades.

GLOCESTER.

Tu n'as rien appris concernant les fugitifs que je poursuis ?

CARL.

Rien, Milord. Si j'avais eu ce bonheur, j'aurais couru bien vite en informer votre Grace. Ah, morbleu ! quel beau jour pour moi que celui où notre pays sera délivré des

misérables qui le fatiguent de leur présence, et le déshono-
rent par leurs actions.

GLOCESTER.

J'aime cette chaleur.

CARL.

Si j'osais dire à votre Altesse tout ce que je pense, elle
serait bien étonnée. Je suis dans une telle indignation que je
ne me possède pas.

GLOCESTER.

Allons, calme-toi ; l'Angleterre sera bientôt débarrassée
de tous ceux qui te déplaisent.

CARL.

Faites donc, Milord, que ce soit le plutôt possible.

GLOCESTER.

La journée ne se passera pas sans que tes vœux soient
exaucés.

CARL.

Que le ciel vous entende !

GLOCESTER.

Je viens d'imaginer un expédient fort simple, mais contre
lequel échoueront infailliblement toutes leurs ruses.

CARL.

(Avec inquiétude.) Ah ! (se remettant.) tant mieux !

GLOCESTER.

J'ai fait cerner la forêt par quinze mille hommes, qui ont
ordre de marcher toujours vers le centre, de manière à s'y
réunir.

CARL, s'efforçant de paraître gai.

C'est bien cela ! (A part.) Ils sont perdus.

GLOCESTER.

Mais comme il existe çà et là dans l'intérieur du bois, des
cabanes de bûcherons, et qu'il se pourrait que les fugitifs y
trouvassent un asyle qui échapperait à la vigilance et aux recherches de mes gens, je vais ordonner que toutes les chau-
mières soient brûlées et détruites de fond en comble.

CARL, à part.

Plus d'espoir. (haut.) Il est certain que ce moyen est infaillible. Cependant cette mesure, d'une invention admirable
sans doute, présente quelques légers inconvéniens que votre
Altesse n'a peut-être pas prévus. Si j'osais...

GLOCESTER.

Parle.

CARL.

Il me semble qu'en visitant exactement chaque habitation

Marguerite d'Anjou.   H on parviendrait au même résultat , sans exposer la forêt à un embrasement général.

GLOCESTER.

Tant mieux. Certain , comme je le suis , que Marguerite , son fils et le duc de la Varenne s'y sont réfugiés , peu m'importe que cette forêt soit entièrement consumée ; du moins elle sera devenue leur tombeau.

CARL, à part.

Faudra-t-il les voir périr sans les défendre ?

GLOCESTER, à ses Officiers.

Vous m'avez entendu! dirigez vous sur les différens points de la forêt et que ma volonté reçoive à l'instant son entière exécution. (les Officiers sortent.)

SCENE VI.
CARL, GLOCESTER.

CARL, à part.

Les voilà partis! peut-être trouverons nous un moyen... (haut.) Votre Altesse ne me fera-t-elle pas l'honneur de goûter ces fruits, ce lait ? C'est un déjeuner de charbonnier.

GLOCESTER.

Excellent, quand l'appétit l'assaisonne. (il se met à table.)

CARL, à part.

Comment les faire sortir ?

GLOCESTER.

Il me paraît que mon plan n'a pas obtenu ton approbation?

CARL.

Au contraire , Milord. Il faudrait que je fusse bien difficile. Ce doit être un magnifique coup d'œil que celui d'une forêt de trente milles de circuit totalement embrasée. C'est ainsi que, pour se divertir pendant une belle nuit, le célèbre Néron fit mettre le feu au quatre coins de Rome.

GLOCESTER, avec humeur.

Ah ! tu n'es pas heureux dans tes comparaisons.

CARL.

Pardon , Milord, je la croyais cependant juste, à une légère différence près; c'est que le brigand de Rome était, sur une tour de laquelle il pouvait tout voir ; au lieu que votre Grace, dans cette chaumière placée au milieu de la forêt, ne verra rien et s'y trouvera nécessairement enfermée par les flammes.

GLOCESTER.

Sois tranquille ; avant que l'incendie gagne, nous aurons le tems de nous éloigner.

CARL.

Puisque c'est un parti pris, votre Altesse voudra bien permettre que je m'occupe au plutôt de mon déménagement?

GLOCESTER.

Va, fais comme si tu étais seul.

CARL.

Cela ne se peut pas, Milord.

GLOCESTER.

Pourquoi non ?

CARL.

La crainte... le respect... (*A part.*) J'imagine... payons d'audace. (*haut.*) Allons, Brigitte, notre femme, alerte !... lève toi bien vite... Hein ? (*il écoute.*) Tu ne peux pas? (*au Duc.*) C'est qu'elle a été bien malade, voyez-vous, ma pauvre Brigitte et elle n'est pas encore remise. (*haut.*) Il le faut cependant. Rassemble tes effets ; on va mettre le feu à la chaumière, il est bien forcé de déguerpir. Croft ? Croft ?

CROFT, en-dehors.

Plaît-il, notre maître ?

CARL.

Dis à ma femme de se dépêcher, il faut que je reste pour servir Milord, pour le distraire.

GLOCESTER.

Tu n'as point d'enfant ?

CARL.

Pardon, Milord, un petit bonhomme de huit ans. (*A part.*) Le Prince en a onze. (*haut.*) Vous l'avez vu ce matin dans la forêt.

GLOCESTER.

Ce petit espiègle qui s'était caché ?

CARL.

C'est cela, Milord.

GLOCESTER.

Où donc est-il ?

CARL.

Il tient compagnie à sa mère. Quand on n'a rien à laisser à ses enfans, il faut au moins leur inspirer de bonne heure pour leurs parens, ces égards, ce respect dont ils manquent trop souvent et sans lesquels ils ne sont que de mauvais sujets lorsqu'ils sont livrés à eux-mêmes.

GLOCESTER.

C'est bien pensé. Fais le venir, je serai bien aise de le voir.

CARL, *à part.*

S'il allait le reconnaître, (*haut.*) Croft ! dis à James de descendre. (*Croft paraît sur le seuil du réduit. Carl lui fait signe de barbouiller la figure de l'enfant*) Vous excuserez, Milord ; je suis sûr qu'on n'aura pas eu le tems de le débarbouiller. C'est que ça travaille déjà comme un homme, et dans notre métier, on n'est pas beau tous les jours.

GLOCESTER.

Qu'importe ?

SCENE VII.

EDOUARD, CARL, GLOCESTER.

(*Le jeune prince est couvert de la même tunique dont il s'est affublé dans l'arbre. Il a le visage légèrement barbouillé.*)

CARL, *à part.*

Ils m'ont compris. (*haut.*) Je vous l'avais bien dit. Ta mère aurait dû t'approprier un peu.

GLOCESTER.

Qu'est-ce que cela fait ?

CARL.

Allons, approche, et salue son Altesse le duc de Glocester. Vous l'excuserez, Milord ; il est un peu gauche. (*Edouard qui comprend ce que Carl veut dire, salue d'un air gauche.*)

GLOCESTER.

Non pas ; il est tout-à-fait gentil.

CARL.

Eh bien ! remercie donc sa Grâce ! Dis lui que tu es bien sensible, bien flatté. Oh ! il ne dira rien ! (*Edouard se roidit ; on voit le mécontentement se peindre sur tous ses traits. Carl, qui craint qu'il ne se trahisse, se hâte de prendre la parole.*) Allons, tais-toi plutôt que de faire quelque maladresse ou de dire quelque sottise. Son Altesse ne refusera pas d'accepter un verre de rhum ?

GLOCESTER.

Volontiers.

CARL, *à Edouard.*

Allons, va-t-en, maussade.

GLOCESTER *le prenant par la main, et le ramenant au bord de la scène.*

Pourquoi ? Laisse-le.

CARL, *à part.*

Je tremble qu'il ne fasse quelqu'imprudence.

GLOCESTER, *montrant à Carl un verre qu'il a rempli.*
Prends.

CARL.

Je ne mérite pas l'honneur que votre Altesse me fait.

GLOCESTER.

Prends, te dis-je. Buvons à la mort de Marguerite.

EDOUARD.

A la mort de ma mère ! Scélérat !
(Il prend une javeline que portait Glocester en entrant et se met en
attitude menaçante.)

GLOCESTER.

Qui donc es-tu ? (il s'élance sur Edouard, ouvre le haut
de sa tunique, et voyant le vêtement riche qu'il porte, s'é-
crie avec une joie féroce :) Le fils de Marguerite ! (il arrache
la javeline des mains du jeune Prince, tire son poignard et
s'avance vers lui pour le frapper.) Descends dans la tombe,
unique et précieux rejeton des Lancastre.

SCENE VIII.

EDOUARD, MARGUERITE, CARL, GLOCESTER, CROFT.

CARL, *ferme la porte de la chaumière, et fait signe à Croft
d'approcher.*

Non pas, s'il vous plaît.
(Il s'élance sur le Duc, et lui arrache d'une main son épée, et de
l'autre son poignard.)

CROFT.

Un moment, milord.
(Il s'est précipité vers le Duc, et le menace avec la javeline.)

GLOCESTER.

Traîtres !

MARGUERITE, *accourant et se mettant au-devant d'Edouard.*

Mon fils ! mon fils !
(Ces mouvemens doivent être extrêmement rapides. Tableau.)

GLOCESTER.

A moi... (Il fait un mouvement pour appeler.)

CARL.

Laissez donc. (A Croft.) Un bandeau sur la bouche... Sois
tranquille, je le tiens. (Glocester veut se débattre.)

CROFT.

Qu'allons-nous en faire ? Le tuer.

CARL.

Ma foi , oui.

CROFT.

C'est le plus court.

CARL.

Et le plus sûr.

(Il lève le bras pour le percer. Pendant ce dialogue , Croft a pris une serviette, avec laquelle il lui couvre la bouche, et que l'on noue derrière la tête.)

MARGUERITE, *arrêtant Carl.*

Non, non ! je vous demande grace pour lui.

CARL.

Craignez, madame , que trop de pitié ne vous devienne fatale.

MARGUERITE.

Je rougirais d'imiter son exemple. Il faut le forcer à nous signer un sauf-conduit pour nous rendre en Ecosse.

CARL.

Il le révoquera quand nous serons partis. (*Marguerite insiste. A Edouard.*) Mon Prince , vous trouverez là tout ce qu'il faut pour écrire. (*il indique le réduit.*)

MARGUERITE.

Glocester , ta vie est entre nos mains, consens-tu à ce que je te demande?

(Glocester fait un signe affirmatif. Carl et Croft ne le perdent pas de vue. Edouard apporte du papier et de l'encre. Le Duc écrit.)

MARGUERITE.

Jure devant Dieu !

CARL.

Il n'y croit pas.

MARGUERITE.

Sur l'honneur.

CARL.

Il l'a perdu. Non , madame , ces précautions sont insuffisantes ; si vous voulez n'être pas troublée dans votre fuite, nous n'avons qu'un parti à prendre , c'est de l'enfermer dans cette chaumière , après l'avoir mis hors d'état de nous nuire. (*Glocester présente le papier à Marguerite.*) Nous tenons le sauf-conduit, attachons-le à ce poteau, et sauvons-nous. Allez toujours devant, madame. Non pas de ce côté ; vous seriez vue par les gens de son escorte... Là , à droite, au fond du réduit , une petite barrière qui ouvre dans la forêt. (*Marguerite sort avec Edouard.*) Le sentier à gauche...puis tout droit... (*au Duc.*) Maintenant, Milord , à nous ; faites les choses de bonne grace... ou sinon !... J'en suis fâché pour votre Altesse, mais il faut qu'elle en passe par-là.

(Carl et Croft conduisent le Duc devant un des poteaux qui soutiennent l'entrée du hangard, et l'attachent avec une corde.) (Il a toujours le bandeau sur la bouche.)

CROFT.

Au revoir, Milord Duc.

CARL.

Bien du plaisir en attendant qu'on brûle la forêt. Si je rencontre quelques-uns de vos officiers, je leur dirai de votre part de faire diligence. *(ils sortent tous deux.)*

SCENE IX.

GLOCESTER.

(Ses regards étincellent de fureur. Il parvient, à force de se débattre, à ôter son bandeau. Alors il crie :)

A moi, soldats ! à moi !...

(On ne lui répond pas ; en portant sa vue de tous côtés pour chercher les moyens de se dégager, il aperçoit la trompe de Carl, que celui-ci, en entrant, a suspendue au poteau. Alors il se lève sur la pointe des pieds, atteint l'embouchure de la trompe et la fait sonner. Ce signal est répété de poste en poste. On veut entrer dans la chaumière ; mais la porte est fermée.)

SCENE X.

GLOCESTER, Soldats Anglais.

(Des Soldats enfoncent la porte et courent délivrer le Duc.)

GLOCESTER.

Marguerite et son fils étaient ici... Ils viennent de fuir de ce côté avec deux bûcherons. Hâtez vous.

(Les Soldats sortent précipitamment.)

SCENE XI.

GLOCESTER.

Tu vas apprendre bientôt, généreuse Marguerite, que lorsque l'on tient son ennemi dans son pouvoir, il n'est point de considération qui doive porter à des ménagemens. Cette faute te coûtera la vie ! Enfin cette journée va donc terminer la longue et sanglante querelle qui a mis l'Angleterre en feu... Grâce à l'intrépidité de Warwick, le plus ferme appui de notre cause, nous avons triomphé sur tous les points. Marguerite seule nous restait à vaincre; sa défaite assure à la maison d'York les plus brillantes destinées. Heureux Glocester! la fortune elle-même semble diriger tous tes pas. Elle ne tardera pas sans doute à te conduire au trône. (*on entend des cris en dehors*) Ce bruit m'annonce l'arrivée de ma captive.

SCENE XII.

GLOCESTER, MARGUERITE, EDOUARD, CARL, CROFT, Soldats.

MARGUERITE.

Tu dois être satisfait, Glocester?

GLOCESTER,

Je l'avoue, ce trophée manquait à ma gloire.

MARGUERITE.

La gloire d'un assassin!

GLOCESTER,

Madame!...

MARGUERITE.

Ton air farouche décèle encore tes sinistres projets.

GLOCESTER,

Rappelez-vous l'indigne traitement que vous fîtes éprouver à mon père après la bataille de Sandal.

MARGUERITE.

Ton père était un rebelle, il mérita son sort; et tu me prouves aujourd'hui que je fus coupable envers l'Etat, en ne faisant point partager son supplice à ton frère et à toi. Songes-y bien, Glocester, quelque désespérée que semble ma situation, la fortune peut sourire encore entre la tombe et moi.

GLOCESTER,

Je ne le crois pas, du moins je ferai ensorte qu'elle n'en ait pas le temps.

MARGUERITE.

Hâte-toi donc, barbare.

GLOCESTER,

Non, c'est à Londres que je veux offrir ce beau spectacle à ma nation.

MARGUERITE.

Et tu ne crains pas que l'ombre de Henry, s'échappant des bras de la mort...

GLOCESTER.

Ce prodige ne s'opérera point. Ce fer a placé ton époux dans la tombe de manière qu'il n'en sortira jamais.

MARGUERITE.

Ah ! monstre !

CARL.

Au nom du ciel, madame, n'irritez pas ce caractère fougueux. Intercédez plutôt pour vous, pour votre fils.

MARGUERITE.

Laisse-moi donner un libre essor à mes pensées : la vraie noblesse est exempte de crainte. Son regard est affreux!...Eh bien ! il ne saurait me faire trembler. Que la terre s'entr'ouvre et m'engloutisse vivante, avant que l'on me voie supplier le meurtrier de mon époux.

GLOCESTER.

Vous avez raison, vous ne le fléchiriez pas.

MARGUERITE, avec force.

Homme sanguinaire et féroce ! si le ciel tient en réserve des maux inconnus plus affreux que ceux que je pourrais nommer, qu'il les retienne encore jusqu'à ce que la mesure de tes forfaits soit comblée, et qu'alors il les verse tous à-la-fois sur ta tête criminelle.

GLOCESTER.

Mets un terme à tes inutiles imprécations, elles fatiguent ma patience.

MARGUERITE.

Eh bien ! qu'attends-tu pour nous ôter la vie ? Frappe, le meurtre est pour toi un acte de clémence ; tu ne refusas jamais l'ennemi suppliant qui te demanda de trancher ses jours.

GLOCESTER.

Non, te dis-je ; le ciel t'a marquée pour le supplice.

MARGUERITE.

Et toi pour l'infamie.

GLOCESTER.

Orgueilleuse française ! Dans peu ton nom sera flétri.

MARGUERIT

Il ne l'est pas même en passant par ta bouche, juge si rien peut le souiller. Marchons, mon fils ; c'est pour nous donner une vie glorieuse et plus durable qu'il va nous ôter de ce monde. Le coup qui nous affranchira de sa tyrannie doit nous porter à l'immortalité.

GLOCESTER.

Tu le veux, Marguerite? il faut te satisfaire. C'est en présence de l'armée que je vais t'envoyer joindre ton illustre époux.

SCENE XIII.

GLOCESTER, LE SÉNÉCHAL, MARGUERITE, EDOUARD, CARL, ISAURE, MORIN, Soldats Français.

LE SÉNÉCHAL, *entrant avec vivacité.*

Traître, tombe aux pieds de ta souveraine et implore ton pardon de sa clémence.

MARGUERITE.

Qu'entends-je?

GLOCESTER.

Mon pardon, dis-tu? (*A ses soldats.*)saisissez-vous de ce téméraire, et qu'il soit percé de mille coups.

LE SÉNÉCHAL, *avec force.*

En avant, Français !

(On entend quelques coups de canon et un grand bruit d'armes. Les palissades sont brisées. Les Français pénètrent de tous côtés et désarment l'escorte de Glocester. Des cris de : *bas les armes !* se font entendre de toutes parts.)

MORIN, *à Glocester.*

Désespéré, Milord, de ce petit contrétems. Voulez-vous bien me rendre votre épée ?

GLOCESTER, *furieux.*

Rendre mon épée à un Français ?... jamais. (*il la brise.*)

MORIN.

Vous êtes bien difficile !

LE SÉNÉCHAL.

Il a raison. Il est indigne de cet honneur.

GLOCESTER.

Jouis de ce faible triomphe, Lavarenne; il ne sera pas de longue durée. Mon armée...

LE SÉNÉCHAL.

Tu n'en as plus.

GLOCESTER.

Warwick...

LE SÉNÉCHAL.

Est à nous.

MARGUERITE.

A nous !

GLOCESTER.

A vous ? tu en imposes. Ses sermens…

LE SÉNÉCHAL.

Pour qui jura le crime, le parjure devient une vertu. J'ai surpris, à l'entrée de la forêt, un courrier du Roi, ton frère. Ses dépêches (*il les remet à Glocester.*) t'annoncent que cédant à une passion aveugle et criminelle, il vient d'épouser la fiancée de Warwick.

GLOCESTER, *après avoir parcouru la lettre.*

O frère imprudent !

LE SÉNÉCHAL.

J'ai senti tout ce qu'un aussi lâche procédé nous donnait d'avantages, et j'ai couru en informer Warwick. Je ne vous peindrai pas ses transports, sa colère. Qu'il vous suffise, madame, de savoir qu'il abjure ses erreurs et se déclare solemnellement l'ennemi des traîtres qui l'avaient séduit. Ses soldats, qui le chérissent comme un père, ont juré de le suivre partout et de venger son offense. Tous marchent vers Londres pour y faire couronner aux acclamations universelles de l'armée et des nombreux sujets qui vous sont demeurés fidèles.

MARGUERITE.

O ciel ! ouvre tes portes éternelles pour donner un libre passage à mes actions de graces… après Dieu, cher Lavarenne, c'est à vous que je devrai ma couronne. Comment pourrai-je m'acquitter ?

LE SÉNÉCHAL, *montrant Isaure.*

En récompensant ce jeune Français, qui s'est distingué par un courage et un dévoûment extraordinaires…

MARGUERITE.

Je me suis occupée de son bonheur.

LE SÉNÉCHAL.

Et en me permettant de retourner près d'une épouse…

MARGUERITE.

Digne de tout votre amour.

LE SÉNÉCHAL.

Qui vous a dit ?…

MARGUERITE.

Je sais tout… (*Prenant Isaure par la main, et la présentant à Lavarenne.*) Isaure, embrassez votre époux.

LE SÉNÉCHAL.

Quoi ! vous seriez ?…

ISAURE.

Oui, cher Duc.

MORIN, *sautant de joie.*

Hé ! oui, C'est madame Isaure ; et c'est moi qui l'ai amenée.

ISAURE.

C'est Isaure qui a tout bravé pour vous revoir et reconquérir un cœur...

LE SÉNÉCHAL, *tombant aux genoux de sa femme.*

Qui vous appartient pour la vie.

SCÈNE XIV ET DERNIÈRE.

Les Précédens, BELLEPOINTE, *accourant.*

BELLEPOINTE.

Madame, monsieur le Sénéchal, hâtez-vous de quitter cette chaumière. Ce féroce Anglais a fait mettre le feu à la forêt. Poussée par les vents, l'incendie gagne avec une rapidité effrayante. (*On voit la lueur des flammes.*) Fuyez, pendant qu'il en est tems encore. Bientôt ces lieux n'offriront plus qu'un vaste monceau de cendres.

TOUS.

Fuyons. (*Tous sortent confusément.*)

LE SÉNÉCHAL, *saisissant la main de la Reine et d'Isaure.*

Allons rejoindre Warwick. (*ils sortent suivis d'Edouard qui est conduit par Bellepointe.*)

CARL, *arrêtant Glocester qui veut sortir.*

Non pas, non pas. Dussé-je périr avec toi, il faut que cet horrible moyen tourne contre celui qui l'a inventé.

(*Un combat s'engage entre Glocester et Carl. L'incendie fait des progrès rapides. Glocester reçoit un coup mortel et tombe sous les arbres qui s'embrâsent et sont déracinés par la violence du feu. Carl, en fuyant, rencontre Morin qui se jette à son col et s'écrie :*)

C'est cela, sandis ! *Par pari refertur.*

(*Tous deux sortent de la chaumière, où les flammes ne tardent point à pénétrer. Le théâtre est couvert de feu. La toile tombe.*)

FIN.

103

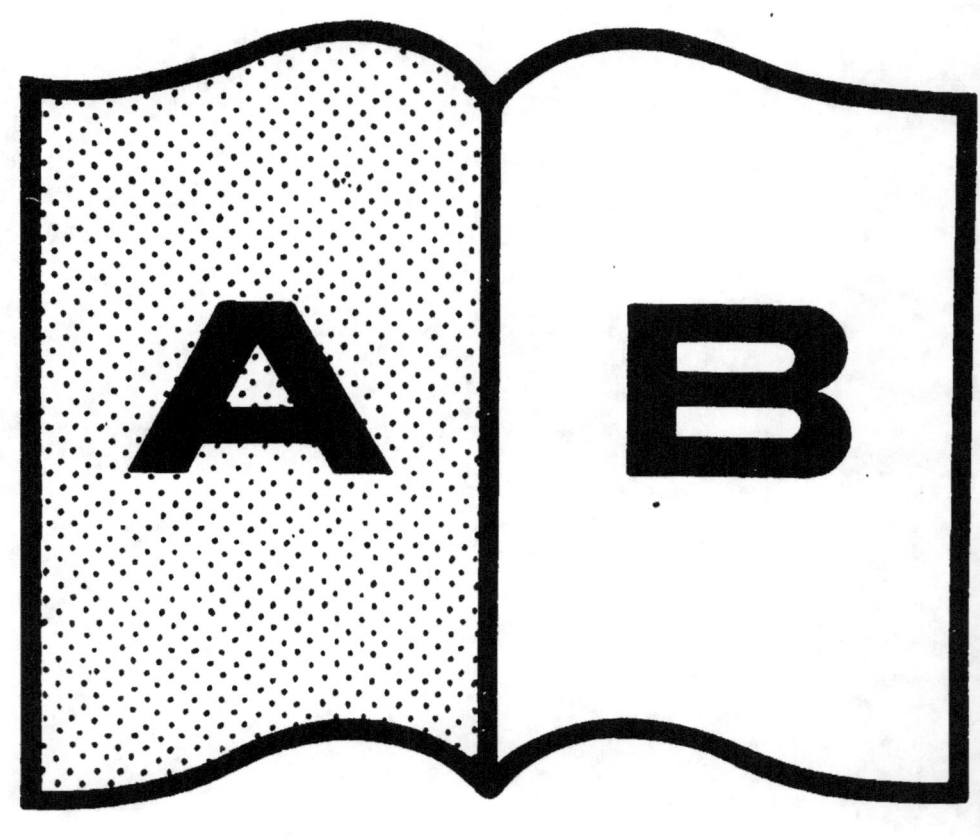

Contraste insuffisant

NF Z 43-120-14

www.ingramcontent.com/pod-product-compliance
Lightning Source LLC
Chambersburg PA
CBHW071249210626
46818CB00013B/629